F. Scott Fitzgerald
Ernest Hemingway

Wir sind verdammt lausige Akrobaten
Eine Freundschaft in Briefen

Herausgegeben und mit einem Vorwort
von Benjamin Lebert

Aus dem amerikanischen Englisch
von Werner Schmitz
und Benjamin Lebert

| Hoffmann und Campe |

1. Auflage 2013

www.hoca.de
Satz: Pinkuin Satz und Datentechnik, Berlin
Gesetzt aus der Avenir und der Joanna
Druck und Bindung: GGP Media GmbH, Pößneck
Printed in Germany
ISBN 978-3-455-40466-1

HOFFMANN
UND CAMPE

Ein Unternehmen der
GANSKE VERLAGSGRUPPE

Für meinen Onkel Stephan Lebert,
in Erinnerung an ein paar regnerische Tage in Wien.

Der Herausgeber

F. SCOTT FITZGERALD AN MAXWELL PERKINS

St. Raphael, Frankreich, 10. Oktober 1924

Lieber Max:
dies hier nur, um Dir von diesem jungen Mann namens Ernest Hemmingway zu erzählen, der in Paris lebt, (ein Amerikaner), schreibt für die *Transatlantic Review* + hat eine brillante Zukunft vor sich. Ezra Pound hat einige seiner kürzeren Sachen in Paris veröffentlicht – und zwar in einem Blatt wie der *Egoist Press*. Ich habe sie jetzt nicht hier, aber diese Sachen sind bemerkenswert + ich werde ihn so bald wie möglich mal aufsuchen. Dieser Kerl meint's wirklich ernst.

ERNEST HEMINGWAY
AN MAXWELL PERKINS

Key West, 25. März 1939

Lieber Max:
Ich schicke Scotts *Zärtlich ist die Nacht*, das ich in Kuba vorgefunden habe. Es ist erstaunlich, wie *hervorragend* vieles davon ist. Wenn er es besser integriert hätte, wäre es ein guter Roman geworden (ist es auch so), vieles darin ist besser als alles, was er je geschrieben hat. Wenn er doch nur weiterschriebe. Ist das wirklich ganz vorbei, oder wird er wieder schreiben? Wenn Du ihm schreibst, sag ihm, wie sehr ich ihn mag. (Ich hatte gegenüber Scott immer ein sehr dummes kindisches Überlegenheitsgefühl – wie ein robuster kleiner Junge, der über einen zarten, aber talentierten kleinen Jungen höhnisch herzieht.) Aber als ich diesen Roman las, war vieles darin zum Fürchten gut.

F. Scott Fitzgerald und Ernest Hemingway
Anfang der zwanziger Jahre.

Einleitung

Im Jahr 1910 – zehn Jahre bevor der besondere Lichtschein, der den jungen Amerikaner F. Scott Fitzgerald umgab, mit Erscheinen seines Buches *Diesseits vom Paradies* zum ersten Mal für die literarische Welt sichtbar wurde und ihn, den Autor, bald darauf gemeinsam mit seiner Ehefrau Zelda, mit ihren schimmernden Haaren und den unruhig dreinblickenden Augen, zur Ikone einer ganzen Generation, zum Propheten des »Jazz-Age« erhob – erschien Rainer Maria Rilkes aus Wahrnehmungen und Gedanken gestalteter Roman *Die Aufzeichnungen des Malte Laurids Brigge*. Darin stellt der 28-jährige Brigge, ein Dichter, der sich in Paris aufhält, unter anderem überrascht fest, wie viele unterschiedliche menschliche Gesichter es gibt. Mehr Gesichter noch als Menschen selbst, findet er. Denn jeder Mensch hat seiner Ansicht nach mehrere davon. Und er spricht von den einfachen, sparsamen Leuten, die ein einziges Gesicht ein ganzes Leben lang tragen, bis es schmutzig wird und sich abnutzt, und selbst dann tragen sie es weiter und heben all ihre übrigen Gesichter auf – damit ihre Kinder sie vielleicht eines Tages tragen können oder auch ihre Haustiere. Und dann redet Brigge von denen, die unheimlich schnell all ihre ihnen zur Verfügung stehenden Gesichter abtragen. Und kaum sind sie vierzig Jahre alt, bekommt ihr letztes bereits Löcher; und nach und nach wird die Unterlage sichtbar, mit der sie schlussendlich in ihre Tage hinausmarschieren: das Nichtgesicht. Daran ist viel Wahres, denke ich. Ob wir es wissen oder nicht, ob wir dagegen vorgehen oder nicht – früher oder später arbeitet das Leben bei jedem Einzelnen von uns dieses Nichtgesicht heraus.

Was nun den Schriftsteller betrifft, so ist es meinem Empfinden nach eben dies, was er in seinem Schreiben immer wieder aufs Neue leisten muss: zu dem Nichtgesicht vorzudringen. Bei jeder Geschichte, die er erzählt. Bei jeder Figur, die er sich ausdenkt. Mit allen ihm zur Verfügung stehenden Mitteln. Sándor Márai hat geschrieben: »Punkt, Komma, Doppelpunkt, Frage- und Ausrufezeichen, Strichpunkt, Gedankenstrich und drei Pünktchen: Welch erbärmliche Zeichen, um Gewicht, Gefühlsgehalt, Rhythmus und Stellenwert eines Gedankens auszudrücken.« Und welch erbärmliche Werkzeuge, um das Nichtgesicht freizulegen! Aber das ist eine Lebensaufgabe für den Schriftsteller. Und ein Wettlauf mit der Zeit – bis das Leben selbst ihn mit spielerischer Leichtigkeit überflügelt und ihm sein eigenes allerletztes Gesicht verschlissen hat – ein Wettlauf, der in vielen Fällen tragisch endet.

So auch geschehen bei dem talentierten Fitzgerald, der anfangs so behände die Worte fand, über den Gertrude Stein einmal hellsichtig bemerkte, man werde noch über ihn reden, wenn die Namen seiner schreibenden Zeitgenossen bereits verblichen seien. Und ebenfalls geschehen bei seinem Weggefährten Ernest Hemingway, der das Kunststück bewerkstelligte, in dem Maße, in dem er darum rang, seine Prosa auszudünnen und so karg und wahrhaftig wie möglich zu gestalten, sie im Geiste seines Lesers in Reichtum und Farbigkeit erstehen zu lassen, und der sich in der Zeitspanne, die ihrer beider Freundschaft beschieden war – im Gegensatz zu anderen Menschen in Fitzgeralds Leben –, wirklich darum bemühte, dessen Licht zu ihm zurückzustrahlen. Und das, obwohl er oft genug ganz bewusst die Rolle seines Rivalen einnahm.

Die Zeit, in der Hemingway und Fitzgerald einander das erste Mal begegneten, wurde später als »die wilden Zwanziger« bezeichnet und übt bis heute eine enorme Faszination aus. Es war die Zeit, in der nach dem Ersten Weltkrieg der wirtschaftliche Aufschwung und die Industrialisierung in vollem Gange waren und die Menschen ausgelassen feierten. Man tanzte den Charleston, die Frauen trugen ihre Haare und Röcke kurz. In den USA wurde das Prohibitionsgesetz eingeführt und eine ruhelose Künstlergarde geboren, die zwischen den Kontinenten hin und her pendelte. Der Dollar stand hoch in Europa. Die Wege der beiden Schriftsteller, die bis in die heutige Zeit zu den bedeutendsten der amerikanischen Literatur zählen, kreuzten sich das erste Mal im Jahr 1925 in Paris, nur wenige Wochen bevor Fitzgeralds Buch *Der große Gatsby* erscheinen sollte und ein knappes Jahr bevor Hemingways erster Roman *Fiesta* herauskam, der ihn mit einem Schlag zu einer Berühmtheit machte. Laut Hemingway fand diese erste Begegnung in der »Dingo Bar« in der Rue Delambre statt. Cafés und Bars waren in Paris Hemingways zweites Zuhause, er lebte und schrieb dort. Da er indes – wie er in der Rückschau mehrfach bemerkte – oft über Menschen schrieb, die Alkohol tranken, kam er nicht umhin, sich selbst auch den einen oder anderen Drink zu bestellen. Er versuchte aber, das immer erst zu tun, wenn er mit seiner Schreibarbeit für den Tag zu Ende gekommen war. All die Menschen bis in die entlegensten Gebiete der Welt, die seither begeistert den Autor oder die Legende Hemingway durch seine Literatur kennengelernt haben, wissen, dass ihm das nicht immer gelang. Ebenso wenig wie es Scott Fitzgerald immer gelang, sich den Reizen der französischen Metropole zu entziehen, die ihm vielleicht das Gefühl eingab, nur mit der Wirkung des Champagners würde sie sich vollends zu erkennen geben. Fitzgerald war zu diesem Zeitpunkt bereits ein berühmter Schriftsteller, der gemeinsam mit Zelda nach Paris gekommen war, um zu schreiben. Hemingway hatte erst begonnen, sich mit seinen Kurzgeschichten einen Namen zu machen. Er lebte als Korrespondent des *Toronto Star* in der Rue Notre-Dame-des-Champs, Nummer 113 – zusammen mit seiner ersten Ehefrau Hadley und dem kurz zuvor geborenen gemeinsamen Sohn John Hadley, der »Bumby« genannt wurde oder »Nicanor«, weil der von der Faszination des Stierkampfes erfasste Vater wenige Wochen vor der Geburt des Sohnes seine erste Corrida mit dem berühmten Matador Nicanor Villatra gesehen hatte. Fitzgerald hatte bereits einige der ersten Arbeiten Hemingways gelesen und war sehr angetan von ihnen. Er hatte ihn sogar seinem Freund Max Perkins empfohlen, Lektor beim angesehenen New Yorker Verlag *Charles Scribner's Sons.* Und selbst wenn Ernest Hemingway es in der Nachbetrachtung nicht allzu bereitwillig zugab, so war auch er zu diesem Zeitpunkt wohl schon ein wenig beeindruckt von der weichen, melodischen Atmosphäre, die Fitzgerald in seinem Schreiben schuf, die gleichzeitig eine Klarheit und eine Art von Unschuld besitzt – so, als spaziere man in einen heraufdämmernden Morgen hinaus.

Francis Scott Fitzgerald – schmallippig, blond, stets elegant gekleidet, mit den Augen eines Schwärmers, der sich während seiner leidvoll missglückten Karriere als Student an der Eliteuniversität Princeton – aufgrund der nicht existenten weiblichen Studenten – einmal in einem von ihm selbst verfassten Leihentheaterstück als Frau verkleidete und so hübsch ausgesehen haben soll, dass ihn all die anwesenden Männer frenetisch feierten – und Ernest Miller Hemingway, mit seinem eine enorme Kraft ausstrahlenden Körper, der während seiner frühen Pariser Zeit oft eine Baskenmütze trug und grobe Klamotten, um sich von der Schickeria der Cafészene und der amerikanischen Literaturbohème abzusetzen, der in der Gegend um den Walloon Lake in Michigan früh von seinem Vater das Jagen und Fischen beigebracht bekam und unendlich dankbar dafür war, es als eine immer wieder zu absolvierende Reifeprüfung und als eine für die Seele unentbehrliche Darstellung des harten Daseinskampfes erachtete; »Hem«, wie er von Freunden genannt wurde, mit seinem wie von freien wilden Winden belebten Gesicht, den sprießenden Barthaaren und einem forschen, geradeaus gerichteten Blick, als würde er mit jedem Menschen, den er so anschaut, schnurstracks in ein Duell gehen oder – wie es tatsächlich auch seine Leidenschaft war – einen Boxkampf austragen wollen; dieser sein Blick, der auf den letzten Fotos einem weichen, wie von einer inneren Irritation und tiefer Traurigkeit herrührenden Ausdruck gewichen ist …

Das erste Aufeinandertreffen dieser beiden Charaktere in der »Dingo Bar« und die daran anschließenden gemeinsamen Tage hat Hemingway viele Jahrzehnte später, als Fitzgerald schon lange gestorben war, in seinem Erinnerungsbuch *Paris – ein Fest fürs Leben* aus der Ich-Perspektive geschildert. Diese Kapitel lesen zu dürfen – und zwar immer wieder einmal aufs Neue –, in denen der Geist dieser Zeitspanne auf so unmittelbare, gestochen scharfe, humorvolle Weise heraufbeschworen wird und gleichzeitig das Wesen dieser sonderbaren Männerfreundschaft, die ebenso viel Zartes in sich trug wie Forderndes, ist ein Lebensgeschenk. Ich finde, die Kapitel eignen sich auch besonders gut zum Vorlesen. Gerade, wenn man mit einem Menschen, den man wirklich gern hat, unter einer Bettdecke liegt und sich an ihn schmiegen kann und man so gerne bereit dazu ist, daran zu glauben, dass es nichts als Glück bedeutet haben muss, an diesem »Fest fürs Leben« teilzuhaben, in genau dieser Zeit gelebt und gearbeitet, geliebt und geträumt zu haben. Dass die Farben, in denen die Geschehnisse dieser Zeit gezeichnet waren, um so vieles lichter gewesen sein müssen als alles, was heute vor den Fenstern zu sehen ist.

Hemingway beschreibt in diesen Kapiteln, wie die beiden Herren ohne ihre Frauen einen Ausflug mit dem Zug nach Lyon unternehmen wollen, um von dort ein Auto mit nicht mehr vorhandenem Verdeck nach Paris zu kutschieren, das

Zelda und Scott dort einmal hatten zurücklassen müssen, weil sie in schlechtes Wetter geraten waren. Die Reise verläuft anders als geplant. Zuerst kreuzt Scott am verabredeten Tag nicht am Bahnhof auf, und Hemingway besteigt den Zug schließlich ohne ihn. Als die beiden am nächsten Morgen in Lyon zueinander finden, trinken sie ziemlich viel – zu viel jedenfalls für Scott; und als sie sich in dem Wagen auf die Rückreise begeben, regnet es, sodass die beiden in einem Hotel übernachten müssen. Und Scott Fitzgerald, der sehr betrunken ist, erweist sich als ausgemachter Hypochonder und liegt aschfahl in seinem Bett und sagt, dass er todkrank ist und jeden Augenblick dahinscheiden wird. Und Hemingway fühlt ihm den Puls und sagt, er sei vollkommen gesund. Und Scott will Zelda anrufen, da er – wie er behauptet – in der ganzen Zeit ihrer Ehe noch nie eine Nacht von ihr getrennt geschlafen habe und sie eine geplagte Seele sei und man unbedingt auf sie achtgeben müsse.

Hemingway lässt in dieser Passage durchscheinen, dass er nie besonders viel von Zelda gehalten hat. Was im Übrigen wohl auf Gegenseitigkeit beruhte. So beschuldigte Zelda Scott zum Beispiel einmal, mit Ernest Hemingway eine homosexuelle Liebesaffäre zu haben. Hemingway schreibt in diesen Kapiteln, dass sie für ihn beinahe von Anfang an auf die eine oder andere Weise geisteskrank gewesen sei, und macht sie verantwortlich für Scotts schlechten Lebenswandel. Dass es letztlich immer nach genau demselben Muster ablief: Scott versuchte, abstinent zu sein, sich hinzusetzen und gut und engagiert zu schreiben; dann wurde Zelda eifersüchtig aufs Scotts Arbeit und überredete ihn, wieder mit ihr gemeinsam loszuziehen, um alkoholumflort durch schillernde Nächte zu wirbeln – und vorbei war es mit Scotts Schreiben. In diesen Kapiteln wird zudem behauptet, Fitzgerald hätte in seiner ganzen in Paris verbrachten Zeit lediglich eine einzige gute Geschichte geschrieben, nämlich *Junger Mann aus reichem Hause*.

Hemingway lästert über Scotts Rechtschreibschwäche und darüber, dass man beim Lesen seiner Briefe das Gefühl bekam, es mit einem Analphabeten zu tun zu haben, was auch der Wahrheit entspricht. So hat Fitzgerald zum Beispiel fast zwei Jahre gebraucht, um Hemingways Namen richtig zu schreiben. Und dann gibt es noch die von Hemingway über viele Jahrzehnte hinweg bei diversen Gelegenheiten erzählte Episode, in der Fitzgerald ihn, seinen Freund, darum bittet, mit ihm gemeinsam auf die Toilette zu gehen, um einen Blick auf sein Geschlechtsteil zu werfen, ob es denn das richtige Maß habe, denn Zelda hätte sich anscheinend darüber beklagt.

Einer der berühmtesten Sätze Ernest Hemingways – neben dem, dass ein gutes literarisches Werk mit einem Eisberg verglichen werden kann, der zu sieben Achteln unter Wasser liegt – lautet: Jeder Schriftsteller muss ein guter Lügner sein. Dieser Glaubenssatz ist sehr wahrscheinlich auch auf *Paris – ein Fest fürs Leben* angewandt worden. Doch was tut's? Max Frisch sagte: »Jeder Mensch erfindet sich früher oder später die Geschichte, die er für sein Leben hält.« Das empfinde ich als wahr. Und ich glaube, wir wenden diesen Vorgang innerlich auch auf unsere Helden an, solche wie Fitzgerald und Hemingway – was ihnen nicht zuletzt auch erst ihre wahre Größe verleiht: Wir erfinden uns früher oder später die Geschichte, die wir für ihr Leben halten.

Es heißt, Ernest und Scott hätten aneinander gefunden, was sie an sich selbst vermisst haben. Diese Meinung vertrat zum Beispiel auch Robert Westbrook, der Sohn von Sheilah Graham, jener Frau, die Fitzgerald in seiner späten Lebensphase – als sich seine große Liebe Zelda bereits zu fernen Gestaden aufgemacht hatte und sich in einer Nervenheilanstalt befand und er recht erfolglos als Drehbuchschreiber in Hollywood Fuß zu fassen suchte – noch einmal ein kleines, letztes Glück zuteil werden ließ. Diese Einschätzung mag durchaus ihre Richtigkeit haben. Ich glaube allerdings, dass noch etwas anderes erheblich war, nämlich, dass die beiden – was bei Künstlern häufig vorkommt – willentlich in den Bann der schöpferischen Kraft des jeweils anderen geraten sind, was einer tiefen Liebe gleichkommt und umso verständlicher ist, da beide auf demselben Gebiet tätig waren. Und was, finde ich, mit der Liebe zu einer Sache ebenso wie mit der zu einem Menschen einhergeht, ist leider auch das möglicherweise von vornherein in ihr angelegte, unterbewusst schwelende Bedürfnis, diese Liebe ganz zu beherrschen, was bedeutet, sie niederzudrücken, kleinzuhalten und sogar zerstören zu wollen. Und eine solche Tendenz zeigt sich in den Briefen, die sich die beiden im Verlauf der fünfzehn Jahre bis zu Scotts Tod geschrieben haben. Teilweise scheint hier schlicht sachliche literarische Kritik geäußert zu werden. Aber da ist noch mehr wahrzunehmen: ein intensives Ringen miteinander. Das erinnert mich an eine Zeile in dem Song *Take this Longing* von Leonard Cohen:

»Let me see your beauty broken down –
like you would do for one you love.«

Und mehr als ein halbes Jahrhundert zuvor schrieb Oscar Wilde:

»Each man kills the thing he loves.«
(*The Ballad of Reading Gaol*, 1898)

So wie jeder dieser beiden amerikanischen Schriftsteller für sich genommen stets auf die eine oder andere Weise bedrohte Menschen waren, so gefährdet war auch ihre Freundschaft. Der Literaturprofessor Carlos Baker schrieb, Hemingway sei für seine außerordentliche Reizbarkeit bei jedweder Art von Kritik bekannt gewesen und habe es den Menschen, die ihn angingen, mit Zins und Zinseszins heimzahlen wollen. Und in den späten Jahren – als es ungemein einsam um Fitzgerald geworden war und sich die beiden anscheinend nicht mehr allzu viel zu sagen hatten – äußerte Scott in einem Brief seine im Herzen nistende Verletzung darüber, dass Ernest Hemingway ihn namentlich in seiner Erzählung *Schnee auf dem Kilimandscharo* erwähnt hatte, und zwar im Zusammenhang mit der Aussage, er habe vor Reichtum und Glanz immer eine allzu große romantische Ehrfurcht gehabt. Meistens aber kamen diese ihre Auseinandersetzungen in den Briefen in feinen Spitzen zum Ausdruck, in einem freudvollen, sportlichen und – wie ich finde – sehr lustigen Männlichkeitsgebaren, zum Beispiel, wenn sie einander genauestens darlegen, welche Geldsumme sie für diese oder jene Geschichte erhalten haben und wie viele Buchstaben innerhalb eines Tages geschrieben wurden. Und dazwischen schimmert dieses einander Zugewandte auf, diese Zärtlichkeit, die kein bisschen zu eben diesem Bild des robusten, sich auf so vieles verstehenden Mannes passt, das vielleicht jeder von ihnen beiden auf seine eigene Weise verkörpern wollte. Etwa, wenn Fitzgerald schreibt, dass er so dankbar für ihre Begegnung sei und Hemingway im Grunde genommen sein einziger Freund. Eine Zärtlichkeit, an der man sich noch heute – viele Jahre später – wärmen kann und die gleichzeitig so tieftraurig ist, da man den Verlauf ihrer beider Leben kennt.

Als es am 29. Oktober 1929 an der Börse in New York zu dem in die Geschichte eingegangenen Schwarzen Freitag kam, der eine Wirtschaftskrise auslöste, die tiefe Spuren in der amerikanischen Seele hinterließ und deren Folgen auch für Europa verheerend war, endete das goldene Zeitalter des Jazz abrupt, und all die prächtigen Säle, in denen noch kurz zuvor getanzt worden war, lagen mit einem Mal verlassen da. Übrig blieben nur die Luftschlangen und das Konfetti, die Gläser mit noch ein paar wenigen Tropfen abgestandenem Champagner darin und eine Unheil atmende Stille. Und mit diesem Schwarzen

Freitag begann auch der Niedergang des Schriftstellers F. Scott Fitzgerald. Er hatte viele Jahre an seinem vierten Roman *Zärtlich ist die Nacht* gearbeitet, doch als dieser 1934 erschien, fand er keinen Anklang. Heute gilt dieses Buch als sein Meisterwerk, doch damals, als die Menschen keine Arbeit und kaum noch etwas zu essen hatten, muss ihnen das sehr präzise und gleichzeitig kunstvoll und erhaben – mit einer wie aus Seide gesponnenen Prosa – geschilderte Leben und Scheitern des Ehepaares Dick und Nicole Dyver an der französischen Riviera sehr fern gewesen sein.

Dagegen war der Börsenzusammenbruch für Hemingways Schreiben und seinen Erfolg als Schriftsteller nicht ganz so erheblich. Denn er besaß das Talent, für jeden zugängliche Geschehnisse zu schildern, in einer einfachen, klaren Sprache, die an den Telegrafiestil erinnert und die für die Menschen in den verschiedenen Erdteilen, in denen er gelesen wurde, nah und verständlich war, und er fand seine Themen auch überall. In den von Menschen wimmelnden Straßen Madrids ebenso wie in der Weite des wogenden Meeres. Beim Hahnenkampf oder auf der Pferderennbahn. In der Farbenpracht Havannas, im Staub der Stierkampfarena. In großen kriegerischen Auseinandersetzungen. In der Art und Weise, wie eine Frau die Klammern aus ihrem Haar löst. Auf einer Pontonbrücke, über die Karren und Lastautos, Frauen, Männer und Kinder ziehen. Auf den Fichtenplanken eines Bootsanlegeplatzes in Michigan ebenso wie in einem kleinen Zimmer, in dem ein Mann auf dem Bett liegt und regungslos auf die drei Männer wartet, die darauf aus sind, ihn umzubringen.

Im Gegensatz zu Hemingway orientierte sich Fitzgerald vornehmlich an den seelischen Verflechtungen einer gesellschaftlich gehobenen Schicht. Hemingways Ruhm als Schriftsteller wuchs, wohingegen Fitzgerald nach und nach in Vergessenheit geriet. Diese Tatsache muss es den beiden schwer gemacht haben, weiterhin ungezwungen miteinander zu kommunizieren.

Meinem Empfinden nach gibt es drei Sorten von Menschen – im Hinblick auf ihre seelische Ausrichtung, Fokussierung. Diejenigen, die zur ersten Sorte gehören, konzentrieren sich vor allem auf das, was im Leben möglich ist, was für sie noch zu erreichen wäre. Dann gibt es die, die darauf fokussiert sind, was sie bereits besitzen, erlangt haben – und es bewahren wollen. Und die zur dritten Sorte gehören, konzentrieren sich auf die Vergeblichkeit, auf das Schwebende, Hinfortgleitende, das nie wirklich besessen oder erreicht werden kann.

Ernest Hemingway gehört zu der ersten Sorte. Er versuchte die meiste Zeit alles nur Erdenkliche, um am Leben und im Leben zu bleiben, es gierig zu trinken wie reinen Wein, ihm Dinge zu entreißen – zu jagen und zu erobern, zu wüten und zu kämpfen, bis sämtliche Kräfte verbraucht waren. »Man kann vernichtet werden, aber man darf nicht aufgeben!«, schreibt er 1954 in *Der alte Mann und das Meer.* Sein über die Jahrzehnte betriebener unnachgiebiger Lebenskampf erinnert an den oft von ihm selbst beschriebenen Kampf des großen, aus dem Wasser schnellenden Marlins, den der Fischer an der Angel hat.

F. Scott Fitzgerald hingegen ist einer der Menschen, deren Augenmerk sich auf die Vergeblichkeit richtet. Er ist innerlich stets in flüchtigen, sich allzu rasch wieder auflösenden Gefilden umhergegangen, in Erinnerungen und Sehnsüchten, im Nachklang von etwas, horchte gewissermaßen auf die Stimme, die einmal – wer weiß schon wann – so weich an sein Ohr gedrungen und seine Seele besänftigt hatte. Diese Hinwendung zur Vergeblichkeit verdeutlicht sich zum Beispiel in einer Stelle seines Buches *Die Schönen und Verdammten:*

»Es ist wie ein Sonnenstrahl, der in einem Zimmer hierhin und dorthin tanzt. Er hält inne und vergoldet irgendeinen unbedeutenden Gegenstand, und wir Narren versuchen, nach ihm zu haschen – doch kaum tun wir dies, da fällt der Sonnenstrahl auch schon auf etwas anderes, und wir halten nur das unbedeutende Ding in der Hand. Der Glanz aber, der unseren Wunsch ausgelöst hatte, ist verschwunden.«

Und deutlich wird das auch in seinen so berühmten letzten Zeilen des *Großen Gatsby*, die seinen Grabstein in Rockville, Maryland, zieren:

»Und so regen wir die Ruder, stemmen uns gegen den Strom und treiben doch stetig zurück – der Vergangenheit zu.«

F. Scott Fitzgerald starb am 21. Dezember 1940 nach zwei Herzinfarkten, im Alter von vierundvierzig Jahren.

Einundzwanzig Jahre darauf – am 2. Juli 1961 – schoss sich Ernest Hemingway mit einer doppelläufigen Flinte in den Kopf.

In seiner Erzählung *Schnee auf dem Kilimandscharo* heißt es über das Jagen von Tieren:

»Vielleicht tötet man deshalb, um sich selbst am Leben zu erhalten.« Vielleicht gilt das auf eine absurde, auf dem Kopf stehende Weise auch für den Selbstmord: In letzter Konsequenz wird dadurch versucht, eine Art von Leben freizusetzen.

In den meisten Abhandlungen über Hemingway – so zum Beispiel auch in einem Aufsatz von Marcel Reich-Ranicki aus dem Jahr 1984 – ist davon die Rede, Hemingway habe seine Literatur nicht zuletzt auch durch seinen Selbstmord beglaubigt. Ich halte derlei Gedankengänge für Unsinn. Literatur muss sich durch nichts beglaubigen. Sie beglaubigt sich durch sich selbst oder eben nicht. Und ich bin sicher, gerade Hemingway, der so bestrebt war, literarische Texte auf ihre Unmittelbarkeit zu prüfen, hätte das auch so gesehen.

Im Gegensatz zu ihm ist mir persönlich leider nie das Jagen und Fischen beigebracht worden. Was schade ist, sowohl für mich, dessen Stand im Leben dadurch vielleicht ein bisschen gefestigter wäre, als auch für die Tiere, denen dadurch ein großes Amüsement verwehrt geblieben ist. Ich kann mir nämlich gut vorstellen, wie sie zueinander sagen: »Schau dir mal diese komische Gestalt an, die es da mit uns aufnehmen will.«

Ich habe leider nie so viel Mut aufbringen können wie Hemingway, wenn mich die Tage in ihre Geschehnisse entführten. Und ich habe auch nie Fitzgeralds Eleganz besessen, weder, was mein äußeres Erscheinungsbild anbelangt, noch im Hinblick auf einen von mir formulierten Satz. Aber mir ist die große Freude beschert worden, diese zwei Streiter verehren zu dürfen. So etwas ist im Leben oft mehr als genug.

Das erste Mal habe ich Geschichten von Ernest Hemingway gelesen, als ich vierzehn war – in einem Skilager in den österreichischen Alpen –, genauer gesagt mit einer kleinen, an einem Schlüsselbund baumelnden Taschenlampe, verborgen in einem groben Holzkleiderschrank, in dem ich mich im großen Trubel des allmorgendlichen Aufbruchs versteckte, weil ich mich so sehr davor fürchtete, zusammen mit meinen Klassenkameraden nach draußen in den Schnee zu müssen, um Abfahrt zu fahren, und davor, mich vor Sonja, dem Mädchen, in das ich damals verliebt war, aufgrund der kläglichen Figur, die ich auf den Brettern abgab, unsäglich zu blamieren. Etwa zwei oder drei Tage hat es gedauert, bis man mein Fehlen bemerkte und mir nichts anderes übrigblieb, als mir ein Herz zu fassen und mich der ganzen elenden, Ski fahrenden Truppe anzuschließen. Um es gleich zu sagen: Hemingway hat aus mir keinen besseren Skifahrer gemacht, und Sonja hat – soviel ich weiß – in jenen Tagen dann mit einem anderen Jungen herumgemacht.

Das erste Mal, dass ich mich intensiv mit Fitzgerald beschäftigte, war gute drei Jahre darauf, als ich im Zuge meines kurz zuvor in Amerika erschienenen ersten Romans *Crazy* – einer Internatsgeschichte – zusammen mit einer Schulklasse im New Yorker Stadtteil Bronx eine seiner Erzählungen las –, ich glaube, es war *Zwei Stunden zwischen zwei Flügen*. Im Eingangsbereich dieser Schule gab es Metalldetektoren, um zu verhindern, dass die

Schüler Waffen mit in den Unterricht nahmen. Was aber nicht immer gelang. Und so kam es, dass – als wir ungefähr bis zur Hälfte der Erzählung gekommen waren und ich die Klasse im Übereifer meiner neuen Aufgabe als sehr junger Dozent überschwänglich lobte, weil alle so toll mitmachten – zwei Jungen aufsprangen und mit Klappmessern aufeinander losgingen. Die Sache verlief letztlich gut. Es ist niemand ums Leben gekommen. Aber als ein Mädchen, das mit ihrer Zahnlücke wie eine hübsche Banditin aussah, mein wohl kreideweiß gewordenes Gesicht und meinen wie paralysierten Gesichtsausdruck bemerkte, sagte sie: »Das war dein erster Kampf dieser Art, was? Tja, schätze, da musst du dich wohl dran gewöhnen.« Ich glaube, die Tatsache, dass sich zwei Jungen inmitten der Lektüre einer seiner Erzählungen einen Messerkampf liefern, hätte Fitzgerald ein bisschen amüsiert.

Können uns die beiden Schriftsteller in der heutigen Zeit weiterhelfen? Ich bin davon überzeugt. Ernest Hemingway zum Beispiel ist bekanntlich ein Autor, den viele Männer gern lesen. Und genau das brauchen wir. Und zwar nicht, weil – wie allgemein vielleicht angenommen wird – er den Männern aufzeigt, was es heißt, robust und selbstbewusst zu sein und Machogehabe zur Schau zu stellen, sondern schlicht darum, weil er sich in all seinen Schriften mit dem Mann im Angesicht der Niederlage auseinandersetzt. Und das ist etwas, was unsere heutige Zeit neben vielem anderen kennzeichnet: die Debatte um den scheinbar immer schwächer werdenden Mann, der kaum mehr an die kleinste Sache heranzugehen wagt, weil er sich vor seiner allgegenwärtigen Niederlage fürchtet. Man muss die Figur Hemingway nicht zum Vorbild nehmen, aber sich in diesem Zusammenhang mit ihr auseinanderzusetzen, ist gut und auch hilfreich, finde ich.

Und was Fitzgerald betrifft: Ebenso wie der Literaturnobelpreisträger Heinrich Böll, als er über Irland schrieb, eigentlich einen Blick auf sein Heimatland Deutschland warf, so hat auch Scott, indem er seine von einem Zauberschein berührten Traumpfade beschritten hat, auf denen eigene Gesetzmäßigkeiten gelten, von dort aus etwas über unsere sogenannte Realität ausgesagt. Ein träumerisch schwelgendes Gegengewicht zum harten Realismus unserer Tage ist dringend nötig.

Fitz und Hem – die Menschen wollen sie jedenfalls beieinander wissen, diese beiden. Trotz aller möglichen Unterschiede. So fällt in fast allen Artikeln und Aufsätzen über Hemingway der Name Fitzgerald und umgekehrt. Es hat fast etwas Mystisch-Schicksalhaftes. Als wäre der eine ohne den anderen nicht denkbar. Als stellten sie die zwei Seiten einer Medaille dar. In Hemingways Roman *In einem anderen Land* heißt es sinngemäß: Wenn ein Mensch zu viel wagt, muss die Welt ihn zwangsläufig vernichten. Eben dies ist den beiden widerfahren. Aber es scheint, als hätten sie sich im Tode noch einmal zusammengetan, um jetzt und auf nicht absehbare Zeit gemeinsam der Welt aufs Neue die Stirn zu bieten.

PS: Zur Erklärung: Auf den nächsten hundertdreißig Seiten können Sie nun den kompletten Briefwechsel zwischen Hem und Fitz lesen – so, wie er erhalten ist. Manche Briefe sind leider verloren gegangen, und deshalb folgt nicht auf jeden der in diesem Band versammelten eine direkte Antwort.

Hinzugefügt habe ich einen Brief, den Hemingway Jahre nach Fitzgeralds Tod geschrieben hat und in dem er über seinen Schriftsteller-Freund spricht. Er ist vom 18. August 1954 und war für Harvey Breit (US-amerikanischer Dichter und Theaterschreiber) bestimmt. Darauf folgt ein Auszug aus F. Scott Fitzgeralds Essay *Wie man Stoff vergeudet – Notiz über meine Generation*, der im Mai 1926 im New Bookman publiziert wurde und in dem Fitzgerald sehr anerkennend auf Hemingways Kurzgeschichtensammlung *In unserer Zeit* eingeht.

Haben Sie viel Freude beim Lesen und bei der Begegnung mit diesen beiden besonderen Streitern!

Benjamin Lebert

1925

AN SCOTT

Burguete, Spanien, 1. Juli 1925

Lieber Scott:
Wir fahren morgen nach Pamplona. Haben hier Forellen geangelt. Wie geht's Dir? Und Zelda?

Ich fühle mich besser als je – habe nichts als Wein getrunken, seit wir Paris verlassen haben. Gott, das Land war wunderbar. Aber Du hasst das Land. Schon gut, übergehe Beschreibung des Landes. Ich frage mich, wie wohl Deine Vorstellung vom Himmel aussieht – ein schönes Vakuum, angefüllt mit reichen Monogamisten, alle mächtig und Angehörige der besten Familien, die sich allesamt zu Tode trinken. Und die Hölle dürfte ein hässliches Vakuum sein, voller armer Polygamisten, die sich keinen Schnaps leisten können, oder die chronische Magenkrankheiten haben, die sie heimliche Leiden nennen.

Für mich wäre der Himmel eine große Stierkampfarena, wo ich zwei Barrera-Plätze hätte und draußen einen Forellenbach, in dem kein anderer angeln dürfte, und zwei entzückende Häuser in der Stadt; eines, wo ich meine Frau und Kinder hätte und monogam lebte und sie sehr aufrichtig lieben würde, und ein anderes, wo ich auf 9 verschiedenen Etagen meine neun schönen Mätressen halten würde; das eine Haus wäre mit Luxusausgaben des *Dial* ausgestattet, auf weichem Seidenpapier gedruckt und in den Toiletten auf jeder Etage vorrätig, und in dem anderen Haus würden wir den *American Mercury* und die

Ernest Hemingway (links) mit Lady Duff Twysden (daneben, Vorbild für die Figur der Brett Ashley in Fiesta) und seiner ersten Frau Hadley beim Fest Sanfermines in Pamplona, Juli 1925.

New Republic benutzen. Dann gäb's da auch eine hübsche Kirche wie in Pamplona, in die ich auf dem Weg von dem einen Haus zum andern beichten gehen könnte, und ich würde auf mein Pferd steigen und mit meinem Sohn zu meiner Stierfarm namens Hacienda Hadley hinausreiten und allen meinen unehelichen Kindern, die an der Straße wohnen, Münzen zuwerfen. Schreiben würde ich draußen auf der Hacienda, und ich würde meinen Sohn losschicken, dass er meinen Mätressen die Keuschheitsgürtel verschließt, weil gerade jemand mit der Nachricht angaloppiert ist, ein notorischer Monogamist namens Fitzgerald sei soeben dabei beobachtet worden, wie er an der Spitze eines Zuges umherstreunender Säufer auf die Stadt zureite.

Nun, jedenfalls werden wir morgen früh in die Stadt ziehen. Schreib mir an das / Hotel Quintana

Pamplona

Spanien

oder magst Du keine Briefe schreiben. Ich schon, weil das so eine prima Methode ist, sich von der Arbeit abzuhalten und doch das Gefühl zu haben, etwas getan zu haben.

Bis dann; Grüße von uns beiden an Zelda,

Dein

Ernest

AN ERNEST

Poststempel 30. November 1925

Lieber Ernest:
Im Nachhinein habe ich mich für neulich morgens ziemlich geschämt.

Nicht nur habe ich Hadley[1] behelligt, sondern Dir dazu auch noch diesen »Juda Lincoln« alias George Morgenthau aufgehalst.

Wie auch immer – es wäre nur fair zu sagen, dass es sich bei der beklagenswerten Gestalt, die am Samstagmorgen in Eurem Appartement aufgetaucht ist, nicht um mich handelte, sondern um einen Kerl namens Johnson, der oft mit mir verwechselt wird.

Zelda litt – im Gegensatz zu dem, was man annehmen könnte – nicht an mangelnder Zuwendung, sondern an einem hysterischen Nervenleiden, das von dem behandelnden Arzt nur mit Hilfe von Morphium besänftigt werden kann. Am nächsten Tag sind wir beide nach Bellau Wood aufgebrochen, um uns ein bisschen zu erholen.

Aus irgendeinem Grund habe ich Dir eine dumme Lüge erzählt – oder sagen wir eher, ich habe etwas übertrieben. Dumm deshalb, da die Wahrheit eigentlich restlos genügen müsste, um mich hinlänglich bejubeln zu lassen. Die *Saturday Evening Post* hat mir das Gehalt nur auf $ 2750 aufgestockt und nicht auf $ 3000. Das ist ein Sprung von $ 750 in einem Monat. Die *Post* hat damit fast die Hearst Offerte erreicht, und das geschieht selten.

Welche entstellten Versionen der Mcalmon-Sache[2] kursieren, von der ich Dir erzählt habe, beziehungsweise von der englischen Schwulenorgie, der wir beigewohnt haben sollen, das weiß ich nicht. Wahr ist, dass ich Mcalmon davor bewahrt habe, die Prügel zu beziehen, die er höchstwahrscheinlich verdient hat, und wahr ist auch, dass wir in London auf ein paar wilden Partys waren, in Begleitung einer gewissen Marquise von Mildford Haven, die wir das erste Mal zusammen mit Telulah Bankhead getroffen haben. Sie war eher halbwegs blaublütig, denke ich. Wie dem auch sei – sie ist sehr nett gewesen –, alles weitere, was ich zu den vortrefflichen Beziehungen zwischen den Fitzgeralds und dem Hause Windsor hinzugefügt habe, ist reine Erfindung. Ich freue mich irrsinnig darauf, Deinen Spaß von einem Roman[3] zu lesen. Wirst Du am Dienstag zu den Mclieshes gehen? Ich hoffe, Hadley ist inzwischen wieder gesund. Bitte glaube uns, dass wir unsere besten Wünsche entsenden – in Richtung des Herrn Ernest M. Hemminway.

AN SCOTT

Schruns, 15. Dezember 1925

Lieber Scott:
Ich hoffe, Dir und Zelda geht es wieder gut. Hat Pauline[4] die Bücher gebracht? Ich habe ihr den Ludendorff, Brig. Young und Mr. Farrars *Spot Light*[5] gegeben. Ich war ziemlich krank, mit meinem blöden Hals, und besonders, nachdem ich den Murphys das ganze *Sturmfluten des Frühlings*-Buch laut vorgelesen hatte – ein waghalsiger Akt, nachdem ich den ganzen Tag nicht hatte sprechen können. Herrgott, irgendwann würde ich ganz gern mal erwachsen werden. Hatte jetzt eine Woche Brassel damit. Vermute, in ein paar Tagen ist es wieder in Ordnung.

Wir hatten eine gute Fahrt hierher. Sonst keine Ausländer in der Stadt. Ich war im Bett, habe mit den Einheimischen Billard gespielt und bin zweimal Ski gefahren, aber ich habe keine Kraft, folglich weiche Knie, folglich keinen Mumm. Hadley und Bumby geht es prima. Früher habe ich Hadley beim Billard immer 200 Punkte vorgegeben. Jetzt schlägt sie mich bei gleichem Ausgangsstand.

Es hat zwei Tage geschneit. Ungefähr 2½ Fuß Schnee. Kalt, die Luft schön dicht. Es ist verdammt schön, die Berge wieder zu sehen.

Habe *Väter und Söhne* von Turgenjew gelesen und den 1. Band der *Buddenbrooks* von Thomas Mann. *Väter und Söhne* ist bei weitem nicht sein Bestes. Einige tolle Sachen drin, aber es kann nie mehr so aufregend sein wie zu der Zeit, als es geschrieben wurde, und das ist eine vernichtende Kritik für ein Buch. Du hast recht mit den Murphys. Sind großartige Leute. Nette Leute sind so ungeheuer nett.

Buddenbrooks ist ein ganz verdammt gutes Buch. Wäre er ein großer Schriftsteller, wäre es prima. Wenn man bedenkt, dass ein solches Buch 1902 erschienen ist und bis letztes Jahr in Englisch unbekannt war, lässt einen das noch weniger Respekt vor Leuten haben, falls man ihn je hatte, die über *Main Street, Babbit* [beide von Sinclair Lewis] und all die Bücher in Verzückung geraten sind, von denen Dein Freund Menken [H. L. Mencken] so begeistert war, nur weil sie zufällig von der so viel strapazierten amerikanischen Szene handeln.

Hast Du mal [Knut Hamsuns] *Segen der Erde* gelesen? Und danach lies bloß mal Thom Boyd.[6]

Ich meine, man sollte das Schreiben bei jedem lernen, der je etwas geschrieben hat, was einem etwas beibringen kann. Aber was all diese Idioten tun, ist, bestimmte konkrete Begriffe zu lernen, die nur als Entdeckungen von Bedeutung sind. So als ob ich jetzt plötzlich das Gesetz der Schwerkraft entdecken würde.

Soll ich Dir eine kleine Abhandlung über die Bedeutung des Sujets schreiben? Also, der Grund, warum Du so sauer darauf bist, den Krieg versäumt zu haben, ist der, dass der Krieg das beste Sujet von allem ist. Er bietet ein Maximum an Material, beschleunigt die Handlung und bringt alles mögliche hervor, auf das man normalerweise ein Leben lang wartet, um es zu bekommen. Was *3 Soldaten* zu einem tollen Buch gemacht hat, war der Krieg. Was *Streets of Night* zu einem lausigen Buch gemacht hat, war Boston.[7] Das eine war genauso gut geschrieben wie das andere, ich höre förmlich, wie Du sagst, dass ich unrecht hätte. Mag sein. Liebe ist auch ein guter Gegenstand, von dem man sagen könnte, Du hättest ihn entdeckt. Ein anderer bedeutender Gegenstand ist das Geld, das uns die Reichen und die Armen beschert. Ferner Habgier. Meine Herren, der junge Dozent ist erschöpft. Impotenz wäre, würde ich sagen, ein fader Gegenstand. Mord ist ein guter, also bau in Dein nächstes Buch einen ordentlichen Mord ein, und dann ruh Dich aus.

Und ärgere Dich um Himmels willen nicht darüber, dass

Du den Krieg verpasst hast, denn ich habe nichts Vernünftiges gesehen, noch ist irgendetwas Vernünftiges für mich dabei herausgekommen, weder als Gesamtspektakel noch als etwas, was mir unter die Haut gegangen wäre, wie es die billige, romantische Einschätzung will, weil ich zu jung war. Dos[8] zog glücklicherweise zweimal in den Krieg und wurde dazwischen erwachsen. Sein erstes Buch war lausig.

Sei also jetzt kein lausiger Affe und antworte, denn Briefe sind hier unten Millionen Dollars wert.

Beste Grüße an Zelda.

Immer Dein

Ernest

Wie ist Dein Plan, Harold Stearns innerhalb von zwei Wochen zur Zahlung zu veranlassen – nach all den Jahren –, ausgegangen?

AN SCOTT

Schruns, ca. 24. Dezember 1925

Lieber Scott:
Habe die 400 [Dollar] an Deine Concierge geschickt. Du kannst sie für Dich behalten oder Harold Stearns geben. Dein Brief ist toll. Bin froh, dass jemand noch unorthographischer schreibt als ich.

Klar kenn ich Hank Wales. Der war mal Mixer in Goldfields, wurde dann irgendwie Journalist und kam 1918 rüber, als noch jeder Journalist überall arbeiten konnte; wurde, ich glaube bei einem Motorradunfall, fürchterlich zugerichtet, brachte sich dann selbst Französisch lesen, schreiben und sprechen bei; er ist ein verdammt guter Journalist. Als ich ihn damals kennenlernte, konnte ich ihn nicht ausstehen, und jetzt bewundere ich ihn mehr als jeden anderen Journalisten, außer Bill Bird und Guy Hickok. Hank pflegte während der Friedenskonferenz erstaunliche und wunderschöne Berichte zu schicken, und eines Tages sagte Col. House zu ihm: »Wales, *woher* beziehen Sie Ihre Fakten?« Hank hatte gerade die jugoslawischen Ölfelder an die Japaner verteilt oder so was. »Col. House«, sagt Hank. »Die *Chicago Tribune* will keine Fakten. Sondern Neuigkeiten.«

Warum fragst Du nach Hank? Er hat keine angenehme Art, und wie er aussieht und was er tut, ist ungeheuerlich. Ich nehme an, ich mag ihn deshalb so sehr, weil er mich mag. Der ganze Tratsch über ihn von wegen Exmixer usw. ist vertraulich. Außerdem managte er Boxer.

Deine Bewertung der *I. u. Z.*-Geschichten ist sehr interessant. Wie es mir jetzt scheint, ohne sie wiederzulesen, finde ich sie erstklassig (*Großer 2-herziger. Indianerlager.* 1. Abs. und letzter Abs. von *Schonzeit. Soldaten zu Haus*). Mist, ich kann sie nicht einordnen. Warum hast Du *Mein Alter* ausgelassen? Das ist eine gute Erzählung, schien mir immer, wenn auch nicht das, worauf ich aus bin. Sie gehört in eine andere Kategorie, zusammen mit der Stierkampf-Geschichte und *Um eine Viertelmillion*. Die Sorte, die mir leicht fällt zu schreiben.

Katze im Regen handelt nicht von Hadley. Ich weiß, dass Du und Zelda das immer gedacht habt. Als ich das schrieb, waren wir in Rapallo, aber Hadley war im 4. Monat mit Bumby schwanger. Der Hotelbesitzer war der aus Cortina d'Ampezzo, und der Mann und das Mädchen ein Harvard-Typ und seine Frau, die ich in Genua kennengelernt hatte. Hadley hat nie in ihrem Leben davon gesprochen, dass sie ein Kind haben wollte, weil ihr vom Arzt verschiedene Dinge erzählt worden waren, und ich – zwecklos, das alles zu erörtern.

Die einzige Erzählung, in der Hadley auftritt, ist *Schonzeit*, die eine fast wortgetreue Schilderung einer wirklichen Begebenheit ist. Dein Ohr ist schärfer, wenn Dich irgendein Krach aus der Fassung gebracht hat, ich meine meins, und als ich von dieser unergiebigen Angeltour zurückkam, habe ich diese Geschichte direkt und ohne Interpunktion in die Schreibmaschine geschrieben. Es sollte eine Tragödie über den Suff eines Bergführers sein, ich hatte ihn nämlich beim Hotelbesitzer – dem, der in *Katze im Regen* auftaucht – verpetzt, und der warf ihn raus, und da das die letzte Arbeit war, die er in der Stadt hatte, und da er ziemlich betrunken und sehr verzweifelt war, hat er sich im Stall erhängt. Zu dieser Zeit schrieb ich die Kapitel von *In unserer Zeit*, und ich wollte eine tragische Erzählung *ohne* Gewalt schreiben. Deshalb habe ich die Hängerei rausgelassen. Das klingt vielleicht albern. Aber ich glaubte, die Erzählung brauchte das nicht.

H[arold] S[tearns] tut mir furchtbar leid, aber keiner kann etwas für ihn tun, außer ihm Geld geben und nett zu ihm sein. Da ist nichts zu machen. Keine Lösung. Und doch hab ich ihn gern. Vermutlich wie bei Hank, weil er mich mag.

Du kannst nichts für ihn tun, außer ihm Geld geben, und das hast Du getan; natürlich kannst Du das nicht als fortdauernde Verpflichtung auf Dich nehmen. Er lebt ganz und gar in seiner Phantasie. Der arme alte Bastard. Solche Leute tun mir immer schrecklich leid, besonders Lügner, Säufer, hässliche Huren usw. Typen, die es wert wären, tun mir nie sehr leid. Jedenfalls ist Schnorren nicht besonders spaßig. Ein Kerl, der sich zu Tode säuft, sollte sich nicht dauernd das Geld, mit dem er das tut, beschaffen müssen. Ich glaube wirklich, Harold hatte einen verdammt guten Kopf. Glaube aber auch, dass er ihn sich zerstört oder durch die Trinkerei völlig mit Fusel vernebelt hat. Du hast Deinen Teil für ihn getan. Gib ihm bloß nicht noch mehr Kohle. Aber lass ihn um Gottes willen nicht auf den Gedanken kommen, dass ich nicht mehr fest an ihn glaube. Denn man kann nichts mehr für ihn tun, und das ist ziemlich traurig, und ich könnte nicht mehr schlafen, wenn ich seine Gefühle verletzt hätte. Ich habe weiß Gott schon genug Scheiße gebaut, auf die ich zurückblicken muss, wenn ich nicht einschlafen kann; da brauche ich keine zusätzlichen Verzierungen mehr.

Das Ohr, auf das man geschlagen wird, ist (wie es im *Kämpfer* heißt) ein Stummel. McAlmon ist ein Schweinehund, mit dem Verstand eines eingewachsenen Zehennagels. Ich habe es satt, den zu verteidigen. Er tut mir nur noch leid, aber verdammt wenig. Nachdem ich bei Dir mit ihm gesprochen hatte, lief er zwei Nächte lang herum und sprach davon, was für ein Schwein ich wäre, dass *er* alles für mich getan hätte, mir zum Start verholfen usw. (d.h. er verkaufte eine ganze Auflage dieses lausigen kleinen Buchs und von *in our time* zu 15 Francs und 40 Francs das Stück. Ich bekam keinen Sou. Die einzigen Bücher, die er je verkauft hat von all den Büchern, die er herausbrachte), und ich täte nichts anderes, als die Leute gefühlsmäßig auszubeuten.

Ich habe den lausigen kleinen Zehennagelschnipsel 3 Jahre lang gegenüber jedem verteidigt, weil ich von seiner entsetzlich unseligen englischen Abmachung wusste usw. Aber jetzt hab ich's satt. Werde ein *Mr. und Mrs. Elliot*[9] über ihn schreiben. Vielleicht gibt das ja seiner Geschichte von der gefühlsmäßigen Ausbeutung eine Basis.

Scheine heute Morgen in einer Stimmung zu sein wie Christi Leiden. Haben ein tolles Klavier für Hadley in ihrem Zimmer, und sie übt gerade. Gestern Nacht habe ich Poker gespielt und zu viel Bier getrunken. 7 Flaschen. 158 000 Kronen gewonnen. Macht etwa 2,35 Dollar.

Jedenfalls keine Schwulen in Vorarlberg.

Werde ausführlich über Dostojewski berichten.

Ich finde Mac Leishs und Murphys toll. Fitzgeralds auch.

Gott, ich hoffe, Zelda kommt in diesem Badeort[10] wieder in Ordnung. Schmerzen sind was Scheußliches. Es ist schrecklich, dass sie krank ist. Ich glaube, sie wird sich da unten im Süden bestimmt erholen, und Euch beiden wird es an der Riviera tausendmal besser gehen als in Paris. Ihr habt beide so verdammt gut ausgesehen, als Ihr letzten Herbst hochgekommen seid, und Paris ist Gift für Euch. Wir werden Euch auch dort sehen.

Gott, hätte ich bloß nicht so viel Bier getrunken. Werde aber doch Bumby für 80 000 Kronen ein Schaukelpferd kaufen. Die Geschenke werden prima dazu passen. Bitte, danke Scotty für Bumby.

Gestern und vorgestern hatten wir Föhn, dann regnete es, und jetzt ist es klar und kalt und der Schnee im Eimer.

Ich kaufe Dir 2 illustrierte deutsche Kriegsbücher. Die toll bebilderten kommen erst jetzt allmählich heraus. Eins über den Kampf in den Bergen an der italienischen Front, das andere über die Geschichte der württembergischen Artillerie. Schicke sie nach Frankfurt. Das Gebirgsbuch habe ich gesehen, ist einmalig. Wenn Du sie bekommst und die Bilder den deutschen Text überwiegen, besorg ich Dir noch mehr. Es soll noch eins über die Sturmtruppen herauskommen. Die Bilder vom Gebirge sind prächtig.

Wir sind nach Bludenz gefahren und haben uns einen Vortrag mit Filmen von Herrn Kapitänleutnant Mumm über die Schlacht am Skaggerrak angehört. Hätte Dir gefallen. Hadley konnte den Kapt. Leu. nicht ausstehen und war also ganz erschüttert. Er war ein furchtbarer Mann.

Eine Besprechung von *In unserer Zeit* in der *Chicago Tribune* sagt, das alles sei offensichtlich nicht fiktiv, sondern beschreibe einfach Passagen aus dem Leben eines jungen Chicagoer Autors. Gott, was für ein Leben muss ich geführt haben.

Lese grade *Peter Simple* von Capt. Marryat. Hab's seit meiner Kindheit nicht mehr gelesen. Großartiges Buch. Er hat 4 großartige Bücher geschrieben. *Mildmay or the Naval Officer. Midshipman Easy. Peter Simple* und *Snarleyyow or the Dog Fiend*. Als er älter war, hat er eine Menge Kinderbücher geschrieben, und die Leute haben das durcheinander gebracht. Du solltest *Peter Simple* mal lesen.

Wenn Du was über den Krieg lesen willst, lies eins von diesen ersten 3.

Morgen kommt Pauline Pfeiffer hierher. Sie bleibt über Weihnachten und Neujahr.

Ich weiß, es wird Dich freuen, im N.Y. *Herald* zu lesen, dass in Chalon-sur-Saône 2 Leute erfroren sind, da, wo Dir fast dasselbe passiert wäre. Gut, dass wir rechtzeitig dort weggekommen sind. Übrigens, wo zum Teufel ist Dein Auto?

Hadley, Bumby und ich senden Grüße und frohe Weihnachten an Zelda, Scotty und Dich.

Das hätte ein guter Brief sein können, wenn das Bier nicht gewesen wäre.

Wahres Ende der Geschichte, hatte Tripper (ich rede von *Eine sehr kurze Geschichte*) und nicht Gonorrhö, aber ich wusste nicht, ob man Tripper mit zwei p oder mit einem schreibt, und machte deshalb Gonokokken daraus. Den Teufel auch. Versuch es zu kriegen. (Dies ist ein Stück Slang, das ich hier unten erfunden habe.) Hoffe, Ihr habt tolle Weihnachten.

Immer Dein
Yogi Liveright

Schreibe bitte, auch bei 400 Dollar pro Brief. Werde auf 435 Dollar erhöhen, aber nicht besoffen werden beim Feiern. Weißt Du, was Österreich heißt? Das östliche Reich. Ist das nicht herrlich? Sag's Zelda.

1926

AN SCOTT

Schruns, 31. Dezember 1925/1. Januar 1926

Lieber Scott:
Habe soeben folgendes Kabel von Liveright erhalten – Ablehnen *Sturmfluten des Frühlings* Erwarten geduldig Manuskript *Fiesta* Schreiben ausführlich –

Ich hatte sie in dem Brief, den ich ihnen mit dem MS geschickt hatte, darum gebeten, mir ihre Entscheidung zu kabeln. Ich habe es die ganze Zeit gewusst, dass sie es nicht veröffentlichen konnten und auch nicht wollten, weil es ihren gegenwärtigen Star und Bestseller Anderson verarscht. Jetzt in der 10. Auflage. Ich hatte das aber gar nicht im Sinn, als ich es schrieb.

Und doch gehe ich nur äußerst ungern durch diese Hölle, den Verleger zu wechseln usw. Außerdem sollte das Buch spätestens im Spätfrühling herauskommen. Das wäre am besten. Später wär's auch nicht schlecht, aber Frühling wäre ideal.

Mein Vertrag mit Liveright – nur ein Brief – besagt, dass sie als Gegenleistung dafür, dass sie mein erstes Buch auf ihre Kosten herausbringen usw., eine Option auf meine ersten drei Bücher beanspruchen. Falls sie von dieser Option, innerhalb von 60 Tagen nach Erhalt des MS zu veröffentlichen, keinen Gebrauch machen, verfällt sie; und falls sie von ihrer Option auf das 2. Buch keinen Gebrauch machen, verfällt sie für das 3. Buch. Also bin ich frei. Ganz gleich, was Horace sich in seinem Brief auch ausdenken mag.

Wie Du weißt, habe ich Maxwell Perkins versprochen, dass ich ihm, falls ich durch irgendeinen Zufall von Liveright loskommen sollte, die erste Chance geben werde.

Das wär's also.

Inzwischen ist Bradley (Wm Aspenwell) für Knopf an mich herangetreten.

Inzwischen habe ich folgenden Brief von Louis Bromfield.

> Lieber Ernest – Betreffend Sturmfluten des Frühlings erhielt ich heute einen Brief von Alfred Harcourt, der damit umgehend auf ein Schreiben von mir antwortete / ich hatte mir die Freiheit dazu genommen, nachdem ich mit Ihnen gesprochen hatte / hinsichtlich Ihres möglichen Verleger-Wechsels. Er ist sehr begierig, das Stück über Anderson zu lesen, und ist mit Ihren Sachen völlig vertraut – sowohl denen in den Zeitschriften als auch In unserer Zeit. In diesem Zusammenhang schreibt er: »Hemingway steht auf eigenen Füßen, und was er sagt, ist eigenständig. Ich sollte sagen, Jawoll, Bruder, wir werden versuchen, dem jungen Mann so viel Ehre zu erweisen, wie er uns machen wird, und das ist beträchtlich viel. Sein Stück über Anderson würde ich gerne sehen. Das könnte ein ordentlicher Spaß sein, wenn es auch nicht allzu viel Geld für jeden von uns einbrächte. Hemingways erster Roman könnte die Welt erschüttern.«
>
> Er ist außerdem bereit, Ihnen, sobald Sie wollen, einen Vorschuss zu zahlen, falls Sie das brauchen sollten, vorausgesetzt, dass Sie von Liveright frei sind und zu Harcourt wechseln wollen. Ich habe mich gefreut, eine so prompte und interessierte Antwort zu bekommen, obwohl das natürlich zu erwarten war. Usw.

Das wär's also.

Jedenfalls werde ich Dich und Max Perkins, dem ich ein Versprechen gegeben habe, nicht hintergehen.

Ich werde morgen Vormittag Liveright drahten, er soll das Manuskript an Don Stewart im *Yale Club*, New York, schicken (einzige Adresse, die mir heute Nacht einfällt) und per Kabel alle Vorschläge zusammenfassen, die er in seinem Brief machen könnte.

Entscheide Du, wie ich weiter vorgehen soll. Don kann ich drahten, er soll das MS an Max Perkins schicken. Du kannst Max schreiben und ihm erzählen, wie und warum Liveright es ablehnte und was Du davon hältst. *Fiesta* schreibe ich gerade um, und es ist verdammt gut. Es wird in 2–3 Monaten fertig sein, im Spätherbst oder noch später, wenn sie wollen.

Wie Du siehst, setze ich meine Chancen bei Harcourt aufs Spiel, indem ich das MS erst an Scribner schicke, und falls Scribner es ablehnen sollte, wäre das sehr schlimm, da Harcourt praktisch angeboten hat, mich unbesehen zu nehmen. Ich lehne eine sichere Sache ab und wähle Verzögerung und Risiko, bedaure das aber nicht wegen des Eindrucks, den ich von Maxwell Perkins gewonnen habe, auf Grund seiner Briefe und dessen, was Du mir über ihn erzählt hast. Außerdem habe ich Vertrauen zu *Scribner's* und würde gern mit Dir in einer Liste stehen.

Du bist jedoch ein wichtiges Rädchen im Getriebe, und ich bitte Dich daher nur ungern, einen Brief zu schreiben, da ich weiß, wie beschäftigt Du damit bist, weiter wegzureisen und alles.

Aber so ist die Lage.

Ich weiß nicht, was genau ich Bromfield schreiben soll. Vielleicht gibst Du eine Anregung. Sag Bromfield, der sich verdammt anständig benommen hat, auf alle Fälle nichts, und auch sonst niemandem in Paris, bis Du von mir hörst.

Ich werde Liveright morgen früh drahten (MS an Don Stewart im *Yale Club* zu schicken). Danach, wenn ich von Dir höre, kann ich Don drahten, das MS an Maxwell Perkins zu schicken. Schreib mir Scribners Adresse.

Heute ist Donnerstag. Dieser Brief wird (vielleicht) am Samstag bei Dir ankommen. Die auslaufenden Postschiffe sind am Dienstag die »President Roosevelt« und am Mittwoch die

»Majestic« und die »Paris«. Schick Deinen Brief mit einer der beiden Letzteren, dann kommt er am schnellsten an.

War den ganzen Tag auf einer langen Tour. Verdammt müde. Seit zehn Tagen Föhn. Der Schnee ist völlig zu Matsch geworden. Vermute, ich werde dieses Jahr wieder meine ganzen Tantiemenvorschüsse für Telegramme ausgeben. O ja. Dabei fällt mir ein, ich will 500 Dollar Vorschuss. Für die Kurzgeschichten habe ich 200 Dollar Vorschuss bekommen.

Gott, das ist ein gutes Gefühl, von Liveright los zu sein, nach den beunruhigenden Gerüchten, die mir von Fleischmann usw. mitgeteilt worden waren. Liveright soll bei seinem letzten Theaterunternehmen 50 000 Dollar eingebüßt haben. Hat die Hälfte vom Geschäft verkauft, die Modern Library verkauft usw. Sie sollten jemanden wie Ralph Barton oder [John] Held oder [Miguel] Covarrubias dafür gewinnen, die *Sturmfluten* zu illustrieren. Hat ungefähr 5000 Wörter mehr als Dons erste Parodie *Outline of History*.

Also bis dann. Sicher verlasse ich mich wieder mal auf miese brutale Weise auf Deine Gutmütigkeit. Wie auch immer, nochmals bis dann und beste Grüße an Zelda und Dich von

Hadley und
Ernest

Neujahrsmorgen PS.

Wurde letzte Nacht unruhig und konnte nicht schlafen. Meinst Du, ich sollte nach N.Y. gehen? Dann wäre ich an Ort und Stelle und könnte die Dinge regeln, ohne dass zwischen jedem Vorschlag sechs Wochen vergehen. Stünde außerdem zur Verfügung, um irgendwelche Kürzungen an den *Sturmfluten* vorzunehmen oder zu besprechen. Falls Liveright an mir festhalten will, wie sein Kabel andeutet, könnte ich auch das klären. Außerdem könnte ich die Druckplatten von *In unserer Zeit* besorgen, für den Fall, dass ich den Verleger wechsle. Usw.

Inzwischen muss ich noch mindestens 2 Wochen auf meinen neuen Reisepass warten. Der alte ist am 20. Dez. abgelaufen. Den neuen habe ich am 8. oder 9. Dez. beantragt – dauert 5 Wochen, bis er kommt.

Also bis dann. Bumby ist ganz aus dem Häuschen, dass er eine neue Jockeymütze, Reitpeitsche usw. bekommt. Ich gehe heute los, um sie durch den Zoll zu holen.

Euch stets das Beste

Ernest

Ernest Hemingway mit seiner ersten Frau Hadley und ihrem gemeinsamen Sohn John Hadley Nicanor Hemingway (Jack) in Schruns, Österreich, 1926.

AN SCOTT

Paris, ca. 20. April 1926

Lieber Scott:
Bekam einen Brief von Curtis Browne, dass Jonathan Cape *In unserer Zeit* herausbringen und 25 Pfund Vorschuss und (10% und 3 D pro Exemplar) für die Rechte für das Britische Weltreich ausschließlich Kanada zahlen wird. Liveright wollte ihnen die Bogen nicht verkaufen – sie setzen es jetzt selber ab.

Curtis Browne wird mein kontinentaler und britischer Agent sein; sie sagen, sie feilschen gerade mit einem deutschen Verleger, der I. u. Z. haben will.

Die Fahnen der *Sturmfluten* habe ich vor etwa einer Woche an *Scribner's* zurückgeschickt. Sehen sehr gut aus.

Fiesta ist fertig und vom Abschreiben zurück, 1085 Francs Kosten. Also werde ich's wohl abschicken. Ich hab es auf ungefähr 90 000 Wörter gekürzt. Möchte folgende Widmung drin haben

FÜR MEINEN SOHN
John Hadley Nicanor
diese Sammlung lehrreicher Anekdoten

Ich hoffe sehr, dass es Dir gefällt. Du wirst es im August sehen. Ich glaube, es ist wohl ziemlich interessant. Später – es wird Dir nicht gefallen.

Chink [E. E. Dorman-Smith] ist für 2 Wochen in der Stadt. Er und ich werden Ende Juli von Saragossa aus durch die Pyrenäen Richtung Andorra wandern.

Ich hatte eine scheußliche Erkältung. Bin sehr gesellig gewesen und hab's verdammt satt. Weißt Du irgendwas über das Mädchen [Beatrice Ames], das Don heiratet? Wir gehen am 12. Mai nach Spanien. Hadley spielt sehr gut Klavier. Wie weit bist Du mit Deinem Buch? Schreib mir. Rousseau fragt auf der Bank nach Dir. Er hat uns zum Essen eingeladen. Sind hingegangen. Waren an 5 von den 6 Tagen beim Radrennen. War toll, gingen mit Chink und vielen Generälen usw., um Sandhurst Saint Cyr spielen zu sehen. Ich habe gerade Deinen Brief vor mir, und [Ernest] Walshs Gedicht oder sein Orgasmus in der Hose oder wie man das nennen soll brachte mich wieder zum Kotzen, als ich es auf dem Umschlag sah. Aber anders als der Hund, der zu seiner Kotze zurückkehrt, habe ich den Umschlag zerrissen – ebenso wie ich das Originalgedicht herausgerissen und *This Quarter* weggeworfen habe, nachdem ich meine Erzählung herausgerissen hatte, um sie zu behalten.

Archie Mac Leish habe ich, weil er in Persien ist, nicht gesehen. Bromfield einmal. Freut mich zu erfahren, dass Du verbittert bist, da ich der Meinung bin, dass das die literarische Produktion stimuliert.

Freut mich zu hören, dass Du weiter blickst als [Booth] Tarkington. Schade zu hören, dass Du nicht so weit blickst wie Hemingway. Wie weit blicken die französischen Frauen?

Freue mich sehr, wenn Du Kritik als Pferdescheiße betrachtest, aber ohne den angenehmen Geruch von Pferdescheiße oder ihre Nützlichkeit als Dünger. Bookman[1] habe ich nicht gesehen. Trotzdem danke ich Dir für die geleisteten Dienste. Keine neuen Romane gesehen außer *Gents Prefer*,[2] das mir wie ein zweitklassiger Lardner und sehr dämlich vorgekommen ist. Perkins hat [John W.] Thomasons Buch geschickt, das mir sehr unreif schien. Ich hatte gedacht, es wäre viel besser. In den 100 Jahren der Kreuzzüge hat es nicht so viel Kampf Mann gegen Mann gegeben. *Sherwood Anderson's Notebook*[3] habe ich nicht gesehen, obwohl ich glaube, das sollte ich, damit ich wieder eine Menge neuer Ideen bekomme.

Um eine Viertelmillion ist, soweit ich weiß, in den Händen eines Agenten. Die 250, die ich hätte haben können, wenn ich es für *Scribner's* [Zeitschrift] gekürzt hätte, könnte ich gut gebrauchen. Das Schreiben ekelt mich an, aber da ich mir aus nichts anderem so viel mache, werde ich weiterschreiben.

Aus Paul Nelson könntest Du eine gute Geschichte machen, wenn Du irgendetwas darüber wüsstest.

Ich bin ungeheuer froh, dass Du das Geld für die Filmrechte von *Gatsby* bekommen hast. Damit und mit Gatsby in Person im *Ambassador* solltest Du in der Lage sein, einen guten Roman zu schreiben, wo jetzt der Franc auf rund 30 steht. Vielleicht kriegst Du eines Tages den Nobelpreis. Glaube, er ist noch nie an einen Amerikaner verliehen worden. Ich empfehle Mr. Walsh, dass er Dir die 2000 Eier von *This Quarter* geben soll, und ich habe mich gerade mit meinem Anwalt beraten, um Dich als meinen Erben einzusetzen.

Also sorg dich nicht ums Geld

Chink sagt, er würde Dir auch Bellamont Forest[4] überlassen, wenn Du wolltest. Pauline Pfeiffer sagt, Du könntest ihren Job bei der *Vogue* übernehmen. Ich habe Scribner geschrieben, er soll meine ganzen Tantiemenschecks an Dich schicken.

Es macht nichts, wenn Du G[erald] Murphy von der Stierkampfsache erzählst, ich würde nur vorsichtig sein mit solchen Angaben. Habe mich nicht auf den Mumm bezogen, sondern auf was anderes, den Anstand unter Druck. Mumm hat noch nie jemanden reich gemacht, außer Champagnerherstellern.

Dein Freund Ring [Lardner] ist durch Mangel an Intelligenz, Mangel an jeglichem ästhetischen Verständnis, eine schreckliche Bedrücktheit und Bitterkeit behindert. Schon eins allein davon wäre für jeden Schriftsteller eine furchtbare Last, ganz gleich, wie talentiert er ist. Natürlich ist er 100-mal intelligenter als die meisten amerikanischen Schriftsteller.

Bumby hat Keuchhusten. Hadley hatte über 6 Wochen lang einen scheußlichen Husten. Ich vermute, sie schieben das immer zwischen sich hin und her.

Wir gehen am 12. Mai nach Spanien. Wenn Bumby dann noch nicht gesund ist, fahre ich vor, und Hadley kommt später. Ende Sept. gehen wir in die USA. Im August nach Antibes. Dort werde ich eine Abschrift von *Fiesta* haben und würde deinen Rat oder so was darüber willkommen heißen. Niemand hat bis jetzt sehr viel davon gelesen. Falls Du beunruhigt bist, es ist *kein* Buch mit Anekdoten – noch ist es ähnlich geschrieben wie [Dos Passos'] *Manhattan Transfer* oder [Andersons] *Dark Laughter*. Ich habe versucht, dem Plan und dem Geist des Großen Gatsby zu folgen, finde aber, dass mir das ziemlich danebengegangen ist, denn ich bin noch nie auf Long Island gewesen. Der Held ist, wie Gatsby, ein Lachsfischer vom Oberen See. (Im Oberen See gibt es keine Lachse.) Die ganze Handlung spielt in Newport, R. I., und die Heldin ist ein Mädchen namens Sophie Irene Loeb, das seine Mutter umbringt. Die Szene, in der Sophie im Todeshaus von Sing-Sing Zwillinge zur Welt bringt, wo sie wegen des Mordes an Vater und Schwester ihrer damals noch ungeborenen Kinder auf ihre Hinrichtung auf dem elektrischen Stuhl wartet, habe ich von Dreiser, aber praktisch alles andere in diesem Buch ist entweder von mir oder von Dir. Ich weiß, Du wirst Dich freuen, es zu sehen. *The Sun Also Rises*[5] stammt von Sophies Bemerkung, als sie im Stuhl angeschnallt ist und der Strom eingeschaltet wird.

Also warum nicht schreiben?

Grüße an Deine ganze Familie

Herbert J. Messkit.

AN SCOTT

Paris, 4. Mai 1926

Lieber Scott:
Schreibst Du nicht mehr? Wie geht's Dir? Ich habe eine Erzählung beendet – eine kurze – und werde sie morgen an *Scribner's* schicken. Donnerstag in einer Woche gehen wir nach Spanien. Maxwell Perkins schreibt, dass die *Sturmfluten* spätestens am 21. Mai herauskommen werden. *Fiesta* habe ich ihm vor etwa 10–12 Tagen geschickt. Hier hat es seit 3 Wochen jeden Tag geregnet. Fühle mich verdammt niedergeschlagen. Habe seit langem weder Bromfields noch Edith Wharton, Comrade Bercovinci [Konrad Bercovici] noch sonst einen von der kleinen literarischen Kolonie gesehen. Vielleicht gibt es in Madrid eine literarische Kolonie.

Dotty Parker[6], Les [Mr. und Mrs. Gilben] Seldes und Seward Collins – Du erinnerst Dich an den Mann, der Lincoln erschossen hat – waren alle in Spanien und konnten es natürlich nicht ausstehen.

Murphy kam gest. an, und es ist nicht Dos, der heiratet. Es ist Don. Wenn ich Dos gesagt habe, war das ein Fehltritt der Tinte. Ich werde diese Tinte wegschütten. O Himmel, das Wetter ist so mies, und ich fühle mich zu niedergeschlagen zum Schreiben. Wärst Du doch bloß mit den Murphys mitgekommen – seit Monaten habe ich keinen Menschen mehr zum Reden oder Scheißelabern gehabt. In Spanien kann ich natürlich überhaupt nicht reden – mich erwarten 3 Mon. Zuhören und Zeitunglesen.

Schreib mir. Nie bekomm ich Briefe. Wie fühlst Du Dich? Arbeitest Du wirklich an Deinem Roman? Stimmt es, dass Du meine große Todeshaus-Szene klaust? Stimmt es, dass Du durch Alkoholvergiftung blind geworden bist und Dir Deine

Bauchspeicheldrüse hast herausholen lassen müssen? Ich habe soeben 200 000 Francs gespendet, um den Franc zu retten. Harold Stearns spendet denselben Betrag.

In ein paar Minuten werde ich ausgehen und mich tierisch besaufen.

Grüße an Deine ganze Familie.

Dein

Ernest

(Gott, was für ein Name)

AN SCOTT

Madrid, ca. 20. Mai 1926

Lieber Scott:
Hat mich gefreut, von Dir zu hören und zu bemerken, dass Du dich trockengelegt hast. Bedaure, dass mein Brief großmäulig war – so hab ich das nicht gemeint. Du hattest mal gesagt, wie wenig Du von kritischen Artikeln hieltest, wenn sie nicht einem praktischen Zweck dienten, und ich habe bloß zugestimmt. Das war alles, was das mit den geleisteten Diensten bedeuten sollte. Du wirst Hadley heute sehen. Könnte ich das doch auch. Madrid ist schön, kalt und trocken, mit ganz hohem Himmel und Massen von Staub, die einem um die Nase wehen – oder mir in die Nase. Corrida heute von den Tierärzten abgesagt, sie wollten die Stiere nicht freigeben (sic), weil sie zu klein und krank seien. Ich war dabei, als sie sie ablehnten, und es war eine Ansammlung von Tieren, die Harold Stearns besoffen mit einem Klappmesser hätte umlegen können. Hat Ford nicht gesagt, ich schriebe ein großartiges Englisch? Morgen haben sie hier einen Kerl aus Sevilla, der Tripper hat – einen hiesigen

Jungen (den Gilbert Seldes bewundert hat, wenn Dir das was sagt), einer der miserabelsten Stierkämpfer der Welt – heißt Fortuna –, und ich könnte genauso gut – nein, tausendmal lieber Dich in Juan-les-Pins besuchen. Den großen Kampf am 13. habe ich – natürlich – verpasst – heute ist abgesagt – morgen ein Haufen Krüppel, und Montag könnt's einen guten geben.

Mencken ist nobel, in Ordnung. Hätte ich bloß Deinen Brief zum Beantworten hier. Herschel Brickel ist in Paris. Er hat die *Sturmfluten* gelesen und war begeistert davon. Falls das was zu sagen hat. Privat ist er jedenfalls ein netter Bursche. Seldes ist's bestimmt – nichts über Seldes. Wir haben [Seldes] und eine Menge anderer 2.-Klasse-Passagiere bei Noel Murphy getroffen, zu dem wir durch 2 Rohrpostbriefe, 2 Telegramme und einen persönlichen Anruf eingeladen worden waren. So viele 2.-Klasse-Passagiere habe ich nicht mehr gesehen, seit ich auf der »Mauretania« rübergekommen bin.

Meine spanischen Freunde will ich nicht besuchen, weil ich dann Spanisch sprechen müsste, falls ich es überhaupt könnte; möchte herumreisen und würde gerne arbeiten. Ja, was Du über diese allgemeinen Bemerkungen zu Ring gesagt hast, stimmt. So was ist alles Humbug. Bei Paul Nelson hast Du Dich geirrt – sehr sehr geirrt. Ich habe auf eine ganz spezielle, aufregende und dramatische Geschichte angespielt, von der Du nichts weißt. Kein Skandal. War aber auch nicht so, dass dem einfältigen ungebildeten jungen Schriftsteller von dem aalglatten irischen Chamäleon das Fell über die Ohren gezogen worden ist, wie Du annahmst. Das ist nicht arrogant. Warum zum Teufel sollten wir beim Schreiben mit der Wahrheit hinterm Berg halten?

Es freut mich ungeheuer, dass Dein Buch gut geht und dass es so prima ist. Ich meine es aufrichtig. Freue mich darauf, von Max Perkins zu erfahren, was sie von *Fiesta* halten. Das ist so offensichtlich *keine* Sammlung lehrreicher Anekdoten und eine dermaßen traurige Geschichte – und auf keinen Fall sollte ein Kind sie lesen –, und das Einzige, was man daraus lernen kann, ist, wie Leute zur Hölle fahren (klingt das nicht schrecklich, höre ich Dich sagen), dass ich es für ziemlich spaßig gehalten habe, es Bumby zu widmen – wenn Du recht hast, werde ich das mit den Anekdoten weglassen –, aber ich werde es ihm aus Gründen widmen, die einleuchten werden, wenn Du das Buch liest; und auch aus einem anderen Grund. Ich habe einen Durchschlag bei mir, und Du kannst ihn in Juan-les-Sapins[7] lesen, falls die Fahnen bis dahin noch nicht gekommen sind.

Die 2 Flaschenbrüder haben *Portwein* getrunken, und am besten waren 3, aber ich meine, dass es kleine Flaschen waren. Hast Du mal den Artikel in der Encyclopaedia Brit. über Rasentennis in Amerika gelesen? In der Encyclopaedia Brit. gibt es viel mehr Lachse als im Oberen See. Außerdem ist das egal, denn sieh dir Shakespeare an mit seiner Küste der Tschechoslowakei usw. *Nouvelle Revue Français* wird im Juli oder August *Um eine Viertelmillion* unter dem Titel *Cinquante Grosse Billettes* veröffentlichen.

Keine Neuigkeiten hier. Schreib mir, und ich schwöre bei Gott, dass ich nächstes Mal einen guten Brief schreiben werde. Ich weiß, dieser ist miserabel, aber ich bin schrecklich einsam.

Beste Grüße an Zelda. Hadley wird Euch alle ausführlich grüßen.

Immer Dein Mitarbeiter für die Clean Books Bill.[8]

Ernest M. Shit.

AN ERNEST

Juni 1926,
Juan-les-Pins, Frankreich[9]

Lieber Ernest,
heutzutage, da fast jeder ein Genie ist – wenigstens zeitweise –, ist es genauso verführerisch, ein Schwindler zu sein, um ans Ziel zu kommen, wie sich als talentierter Kerl auf die faule Haut zu legen (mysteriös genug) und dabei nicht zu erkennen, dass die vergängliche Qualität seines eigenen Erfolges auf den zarten Schultern des professionellen Enthusiasten ruht. Das sollte genügen, um uns einzuschüchtern und in uns geradezu das Verlangen danach zu schüren, von jemandem ein ehrliches Wort über unsere Arbeit zu hören. Ich für meinen Teil habe ein paar – wie sich herausstellen sollte – exzellente Ratschläge bekommen. (Bei den *Schönen + Verdammten*) von Bunny Wilson, der selbst nie einen Roman geschrieben hat. (Bei *Gatsby*) habe ich einige Tausend Wörter geändert – auf Anraten von Max Perkins, der nie auch nur in Erwägung gezogen hat, einen zu schreiben, und auch beim *Paradies* habe ich mir was sagen lassen, und zwar von Katherine Tighe (Du kennst sie nicht), die höchstwahrscheinlich vorher noch nie einen einzigen Roman gelesen hat.

(Der Brief fängt nun an, ganz nach meiner eigenen momentanen Schreibarbeit zu klingen, die sich immer bereits während mühseliger und bedeutungsschwangerer Einleitungen wieder in ihre Bestandteile auflöst).

Nun ja, jedenfalls finde ich einige Teile von *Fiesta* nachlässig erzählt, Du erzielst keine Wirkung. Wie ich Dir ja schon gestern gesagt habe. (Wie letztes Mal, als ich – wenn ich mich recht entsinne – versuchte, Dich davon zu überzeugen, den ersten Teil von *Um eine Viertelmillion*[10] zu streichen), nehme ich, was Dich betrifft, die gleiche Tendenz wahr, die ich bei mir selbst auch feststelle: irgendeine Sache, die Dir gerade reizvoll erscheint – eine Anekdote vielleicht oder nur ein einfacher Witz –, in schierer Langatmigkeit auszuführen und somit geradezu feierlich zu zelebrieren, sodass ich hier den Wunsch verspürte, ein gutes Stück Literatur vor einer Behandlung wie dieser zu schützen. Dein erstes Kapitel enthält ungefähr zehn Stellen dieser Art, und es übermittelt sich mir beim Lesen das Gefühl einer herablassenden Gleichgültigkeit.[11]

Z. B. Seite 1 »hochmoralische Geschichte«
»Brett sagte …« (Das O.-Henry-Zeug)
»Viel zu teuer«
»dieses oder jenes« (wenn Du es nicht nennen willst, warum verschwendest Du dann drei Worte dafür)
Siehe auch Seite 23 – »9 oder 14«
und
»oder wie viele Jahre vergangen waren seit 19XX« (wenn zwei Worte für eine Angabe genügen würden)

Wie ich Dich kenne, würdest Du dergleichen bei anderen als halb Stil, halb Pferdescheiße bezeichnen. Später in Deinem Roman finde ich das nicht mehr. Wie auch immer – nicht nur, dass Du gut schreiben willst, sondern gleichzeitig musst Du auch immer noch heraushängen lassen, dass Du niemals tun würdest, was jeder andere auch tun kann.

Ich kann ungefähr 24 solcher höhnischen Lacher und Überlegenheitsgesten ausmachen, Naserümpfer über nichts, die die Schönheit der Erzählung verunzieren. Das geht so bis Seite 29 – wenn (nach einer anfänglich misslungenen Einführung von Cohn) dann endlich alles richtig ins Rollen kommt. Und um diese absonderlichen und sturen Unwichtigkeiten zu bewahren, hast Du so geschrieben, dass ich mich ganz ehrlich an die Arbeit von Michael Arlen erinnert fühlte.

(Du weißt sehr genau, dass jemand, der sich einmal in Deine Hände begibt, Dich stets wachsam beäugt wie eine Katze +

sich auch wie eine bei der erstbesten Gelegenheit wieder davonmacht)

Zum Beispiel auch die Seiten 1 + 2 sind versnobt (nicht unbedingt ihrer selbst wegen, sondern aufgrund der Geschichte der englischen Aristokratie während des Krieges – die hier so weitschweifig dargelegt wird, so unkritisch, nur die Randgefilde streifend, und dabei schöpft sich diese Prosa viel zu offensichtlich selbst aus dieser Aristokratie – das ist ziemlich angestaubt). Du hattest wohl das gleiche Problem wie ich mit meinem *Jungen Mann aus reichem Haus* – als ich noch verzaubert war von herrschaftlichen Empfangsräumen etc. Entweder bringst Du mehr Gedanken ein, um dann festzustellen, dass der Weizen ebenso wie das Unkraut bereits aus der Erde gesprossen ist, oder Du streichst das Ganze auf sieben Sätze zusammen. Es hat nicht einmal Deinen Rhythmus, und das Argument, es sei »wahr«, ist vollkommen unerheblich.

Und diese Lebensphilosophie von Dir, der Du immer an die Übermacht, den höheren Wert dessen geglaubt hast, was wir uns vorstellen im Vergleich zu dem, was wir wirklich mit unseren Augen sehen – um nicht zu sagen, im Vergleich zu einer bloßen Nacherzählung.

Seite 3 »famos eingeprägte Dinge« (famos eingeprägte 1886er Ironie). All das ist okay, aber so über die Maßen geschwollen, wo es sowieso schon geschwollen ist + so üppig.

Seite 5 Maler sind einfach nicht mehr wirklich in Prosa. Sie müssen reduziert werden. Und da hilft es auch nicht, sie in Bildhauer, Hinterhauswand-Experten oder Miniaturmaler zu verwandeln.

Seite 8 »hochmoralische Absichten« – »weil ich daran glaube, dass es eine gute Geschichte ist« – wenn dieser Abschnitt nicht taktlos ist, dann will ich ein Hilfsschreiber von Priester Dr. Cadman[12] sein.

Seite 9 Irgendwas stimmt hier nicht. Ich kann nicht genau

benennen, was. Vielleicht, weil einem zu sehr vermittelt wird: Das ist eine wahre Geschichte etc.

Seite 10 »Ein Stadtviertel, das eine Geisteshaltung ist etc.« So etwas findet sich in allen Reiseführern. Ich habe Basil Woon[13] zwar nicht gelesen, aber schließlich habe ich fünfzig Francs zu verlieren.

(Spätestens jetzt höre ich Dich sagen: »Jesus, der Typ denkt, ich bin erbärmlich, aber er kann sich das alles weit hinauf in den Arsch schieben, weil ich einen gottverdammten Scheiß auf seine Kritik gebe!« Aber Du darfst nicht vergessen, dass Du hier zu neuen Ufern aufbrichst, und dass ich denke, dass Deine Sachen großartig sind. Du warst der erste Amerikaner, den ich in Europa treffen wollte – und auch der letzte. (Dieser zweite Satzteil ist nur dafür da, den Satz auszubalancieren. Er scheint nicht wirklich Sinn zu machen, obwohl ich ihn einige Minuten auf der Zunge herumrollte. Es ist wie mit dem Zeitalter der französischen Frauen.)[14]

Seite 14 (alles rund um diese Seite) – wie ich schon gestern sagte, finde ich diese Anekdote unfassbar flach, wenn Du Ford[15] nicht nennst – was wiederum billig wäre.

Es ist flach, weil Du mit Aleister Crowley[16] endest. Wenn er ein Niemand ist, ist es auch dementsprechend unwichtig. Wenn er eine Berühmtheit ist, dann ist es billig. Das ist ein Roman! Auch würde ich davon abraten, H. Stearns[17] vorher direkt zu erwähnen.

Warum streichst Du nicht ein paar unwesentliche Dinge aus Cohns Biographie?[18] Seine erste Ehe ist von keiner Bedeutung.

Da so viele Menschen gut schreiben können + der Konkurrenzkampf so groß ist, verstehe ich nicht, warum Du so leichtfertig an diese ersten zwanzig Seiten herangehst. Man kann mit der Aufmerksamkeit der Leser nicht spielen. Ein guter Schreiber, einer, der die Macht besitzt, andere nach Belieben zu fesseln, muss besonders vorsichtig sein.

Von hier – oder sagen wir von Seite 30 an – fange ich an, den Roman zu mögen. Aber, Ernest, was diesen Anfang mit seinen schwerfälligen Albernheiten angeht, so bin ich kaum imstande, Dir den Grad meiner Enttäuschung zu vermitteln. Bitte tu zum Beweis alles, was Dir möglich erscheint. Das sind im Ganzen 7000 Wörter – Du könntest sie auf 5000 reduzieren. Und mein Ratschlag ist, nicht alles einfach nur zu kürzen, sondern auch die schlechten Szenen ganz herauszunehmen.

Ich habe beschlossen, an nichts Weiterem herumzumäkeln, da ich während des Lesens auch keineswegs das Bedürfnis dazu verspürt habe. Ich war schlichtweg viel zu aufgeregt. Übrigens ist das ja auch eine ziemlich harte Dosis, die Du uns da verabreichst. Der Roman ist verdammt gut. Das zentrale Thema hat irgendwo seinen Schaden genommen, aber – zur Hölle! – wem ist schon alles geglückt? Höchstens dem vielleicht, der seine eigene Lebensgeschichte erzählt und den gewissermaßen ein gleichmäßig hin und her schwingendes Pendel in seiner Mitte hält (große Harding-Metapher![19]). Und welche Kritik kann letztlich ausleuchten, ob der Schaden darin besteht, dass etwas nicht zu Ende gedacht wurde oder darin, dass Du in Bezug auf das Impotenz-Motiv weit mehr hättest kauen müssen, als Du selbst bereit warst, oder in der Undefinierbarkeit der weiblichen Hauptfigur[20] selbst. Meine Theorie war immer, dass sie sich dramatisch inszeniert, wie Arlen eine Figur inszenieren würde oder wie in einer Dramatisierung von Stephan McKenna[21] oder wie Diana Manners'[22] Darstellung des verlorenen Mädchens in H.G. Wells' Tono Bungay – welcher im Übrigen wahrscheinlich mehr auf Beatrix Esmond[23] hielt als auf Jane Austins Elizibeth[24] (welcher wir wiederum das Gehabe vieler unserer Ehefrauen zu verdanken haben).

Apropos, dein Vorwort über das spanische Viertel: Mir fällt ein, dass Du schon vorher Deine Geschichten mit Sätzen begonnen hast wie: »Spanien ist ein besonderer Ort …« oder: »Michigan ist von Interesse für zwei Berufsklassen – die Fischer und die Handlungsreisenden …«

Bei Seite 64 und 65 sollte ein bisschen Feinarbeit genügen, um alles Wissenswerte über Bretts Vergangenheit[25] zu vermitteln.

(eine Kleinigkeit) »an der Ruhr sterben« anstelle von »getötet werden«, hier ersetzt ein Klischee ein anderes. Es sticht heraus. Schätze, daran lässt sich aber nichts ändern. Schätze, alle 75 Millionen Europäer, die während der Jahre 1914 bis 1918 gestorben sind, müsste man zu den 10 Millionen hinzuzählen, die im Krieg umkamen.

Gott! Das Ende von Seite 77 + der Beginn von Seite 78 sind wundervoll.[26] Ich werde immer verrückt, wenn Leute nicht ihr Bestes geben. Die Stelle habe ich nicht herausgepickt – ich bin gerade zufällig darauf gestoßen.

Das Herz meiner Kritik schlägt irgendwo auf Seite 87, der Szene, in der Jake von Brett aufgesucht wird.[27] Ich glaube aber, daran wird man nichts ändern können. Mir kam es so vor, als werde hier etwas ausgespart – gewissermaßen eine verrückte, quälende Vorläufigkeit, eine Instabilität, ein Horror – alles zusammen – etwas, das sie gespürt hat – das er gespürt hat –, vielleicht bin ich selbst auch einfach nur verrückt. Er ist nie wie ein impotenter Mann. Er ist wie ein Mann, der so was wie einen moralischen Keuschheitsgürtel trägt.

Oh, nun gut, von Kapitel 5 an ist sowieso alles ausgezeichnet – trotz allem –, was wiederum nur ein Beweis für die Brillanz des Romans ist.

Der Langweiler sagt Gute Nacht. Gute Nacht an alle.

Scott Fitzgerald, seine Frau Zelda und ihre gemeinsame Tochter Scottie in Juan-les-Pins, 1926.

AN SCOTT

Paris, ca. 7. September 1926

Lieber alter Fitz:
Freut mich, mal wieder was vom Meister zu hören. Wie läuft die Arbeit, Fitz? Freut mich zu hören. Freut mich zu hören. Bleib dran, alter Junge. Als ich zu schreiben anfing, habe ich genau dieselbe Erfahrung gemacht. Und dann habe ich eines

Tages George Horace Lorimer im *Petite Chaumiere* getroffen, und von da an lief es wie geschmiert.

Wie geht's Dir denn überhaupt? Ich hatte beschlossen, wenn ich herkäme, alle meine Erzählungen wegzugeben, um das ganze Zeug, das ich verkaufen wollte, loszuwerden, was mich dazu zwingen würde, was Neues zu schreiben. Also habe ich *Heute ist Freitag* einem Pamphletenverein gegeben, der mich schriftlich um einen Aufsatz gebeten hatte, der mit einer Zeichnung von Cocteau veröffentlicht werden soll, und das *Gebirgsidyll* an *New Masses* geschickt, die kindischste und beschissenste Betriebszeitschrift, die ich je gesehen habe – auch sie hatten um einen Beitrag gebeten –, und, nur um zu sehen, wie sie sich rausreden würden, *Die Killer* – die ich gerade beendet hatte – an *Scribner's*. Kaum bin ich zurück, kriege ich folgendes Kabel von Perkins: *Killer* großartig Bridges schreibt Angebot Fahnen *Fiesta* erhalten Perkins.[28]

Also erleben sogar zynische kleine Jungen wie Ernest angenehme Überraschungen. Jetzt warte ich nur noch darauf, zu hören, dass Bridges plötzlich gestorben ist oder Perkins seinen Job verloren hat oder dass *Scribner's Magazine* eingestellt worden ist. Sonst könnte ich vielleicht veröffentlicht werden.

Seitdem habe ich eine neue Erzählung fertig, gest., und fange mit einer weiteren an. Vielen Dank für den Brief von [Paul] Reynolds und für Deine unnachgiebige Haltung in der Zensurfrage. Ganz Frankreich ist stolz auf Dich. Hör nicht auf das subversive Element in Juan-les-Pins, wie die Polizei oder andere bürokratische Klassen, die versuchen könnten, das für null und nichtig zu erklären.

Der Autor von *Gatsby le Magnifique* wird von mindestens so vielen Leuten unterstützt werden, wie Dreyfus zu Hilfe gekommen sind. Lass Dich nicht von denen ins Gefängnis stecken. Lass sie einfach nicht. Das wahre Frankreich steht hinter Dir.

Hadley und ich leben immer noch getrennt.[29] Ich habe vor, im Oktober mit dem Fahrrad nach Marseille runterzuradeln und dort einen Monat oder so zu leben und zu arbeiten. Werde kommen und Dich besuchen, wenn Du das Buch fertig hast. Unser Leben ist völlig im Eimer, und mehr kann man wohl von einem guten Leben auch nicht erwarten. Unnötig zu sagen, dass Hadley sich prächtig verhalten hat und alles in jeder Hinsicht vollkommen meine Schuld gewesen ist. Das ist die Wahrheit und keine höfliche Geste. Trotz alledem fühlte und fühle ich mich seit Weihnachten wie in der Hölle, und die vielen schlaflosen Nächte, die mir wenigstens den Weg erhellen, um das Terrain zu sondieren, an das ich mich schon irgendwie gewöhne und sogar anfange, es zu mögen, wahrscheinlich würde es mir Spaß machen, es den Leuten zu zeigen. Da wir uns unsere Hölle selber schaffen, sollte sie uns wenigstens gefallen.

Fiesta habe ich so gekürzt, dass es mit Cohn anfängt – den ganzen ersten Teil gestrichen. Habe eine Reihe kleinerer Kürzungen vorgenommen und ziemlich viel neu geschrieben und gestrafft. Gekürzt las es sich in den Fahnen wie ein gutes Buch. Weiß Gott, ich möchte das alles noch verdammt viel besser schreiben, aber es schien flüssig und ziemlich wirklichkeitsnah und fundiert zu sein. Ich hoffe sehr, dass es Dir gefallen wird, und ich denke mir, das dürfte es auch.

Hab eine tolle Idee zu einem neuen Roman. Ich nenne ihn *The World's Fair*. Der Titel wird Dir gefallen.

Grüß Zelda von mir und sag ihr, wie leid es uns getan hat, Euch nicht anzutreffen, als wir vorbeigekommen sind, um auf Wiedersehen zu sagen. Ich habe nicht getrunken, war in keiner Bar, weder im Dingo noch im Dôme, noch im Sélect. Habe niemand gesehen. Werde auch niemand sehen. Versuche ein ungewöhnliches Experiment: schreibender Schriftsteller. Auch das wird sich wahrscheinlich als eitel herausstellen. Werde, sobald meine gegenwärtigen Hämorrhoiden wegschrumpfen, zu einer langen, halbwegs permanenten Fahrradtour aufbrechen, die so lange dauern soll, wie das gute Wetter anhält. Dann werde ich eine Menge Arbeit hinter mich bringen, all die Geschichten, die ich schreiben will, wahrscheinlich arbeite ich in Marseille. Dann werden wir weitersehen.

»Die Welt ist so voll von so vielen Dingen, dass ich sicher bin, wir sollten alle glücklich wie die Könige sein. Wie glücklich sind Könige?« Stevenson.

Immer Dein

Ernest

Walsh, der Autor des Gedichts *Soldier drugfiend bullbaiter,* attackiert mich im nächsten *This Quarter* gleich mehrspaltig, indem er behauptet, Hemingway habe die berechtigten Interessen verraten. Ich hatte ihm auf einer Postkarte geschrieben, ich hätte bei seinem Gedicht kotzen müssen, als *This Q.* erschienen sei. Jetzt sieht es so aus, als ob ich von einem makellosen Ritter der LITERATUR zu einem Tagelöhner in Diensten Scribners geworden bin und riesige Beträge verdiene. Ich habe eine Abschrift davon gesehen, die er vor der Veröffentlichung überall in Durchschlägen herumreicht. Meine Herren, ein Wohl auf die Iren.

Schreib, wenn Du Lust hast. Ich werde einsam.

AN ERNEST

September 1926,
Juan-les-Pins, Frankreich

Lieber Ernest,
es tut mir leid, dass wir Dich + Hadley verpasst haben. Keine Neuigkeiten. Ich bin wieder trocken + arbeite wie verrückt. Werde am 10. Dezember in Genua mit der »Conte Biancomo« Richtung New York auslaufen. Werde bis dahin hier sein. Habe einen Stierkampf in Frejus gesehen. Der Stier war ein Eunuch (spanisch). Das Haus ist verriegelt + verdunkelt. Habe mir seit einer Woche keine neuen Feinde mehr gemacht. Hamiltons häuslicher Unfrieden endete in Gewalt. Habe neue Bücher über den Krieg von Pierrefeu[30]. Gott ist Liebe.

Gezeichnet

Ernestine Murphy

Hast Du in der *New York Tribune* die Artikel gelesen über:

»... Henry Carpenter, Banker ... und Willie Stevens, Schwachkopf ...«

S

AN ERNEST

Herbst 1926,
Juan-les-Pins, Frankreich

Wir waren in einem Hinterhaus in Juan-les-Pins. Bill hatte Probleme mit seinem Schließmuskel – es gab feuchte Matins in der Ablage neben der Tür. Es gab feuchte Eclairers de Nice in der Ablage über seinem Kopf. Und gerade, als der König von

Bulgarien hereinkam, hat Bill wieder eine Ladung abgefeuert, die den alten Schleimbeutel mit einem gewaltigen Platschen ungefähr sechs Meter in die Tiefe schleuderte. Und Nachschlag kam dann gleich hinterher. Dann fing der König von Bulgarien an, sich wie wild im Kreis zu drehen.

Scott Fitzgerald, seine Frau Zelda und ihre gemeinsame Tochter Scottie in Juan-les-Pins, 1926.

»Das Großartige an solchen Geschehnissen …«, sagte er. Bald wirbelte er schneller und schneller herum. Dann war er tot.

Ungefähr an dieser Stelle meines Briefes fing mein dreißigster Geburtstag an. Und ich hab mich eine Woche lang volllaufen lassen in Gesellschaft solch faszinierender Gentlemen wie Mister Theodore Rousseau + sein weiterer Zierrat, all das, was jetzt nur mehr ein verödeter Küstenstreifen ist.

Kleingläubiger Ernest, ich hoffe, der Verkauf von *Die Killer* wird Dich zukünftig dazu bewegen, jede Deiner Storys entweder direkt zu *Scribner's* [Zeitschrift] oder zu einem Agenten zu schicken. Kannst Du *Heute ist Freitag* nicht zurückverlangen? Dein Brief hat mich deprimiert und einigermaßen verwirrt. Seid Hadley und Du nun komplett auseinander? War das auch das Elend, das Dir diesen Sommer auf der Seele lastete? Du brauchst mir darauf nicht zu antworten – außer Du fühlst Dich danach. Wie auch immer, es tut mir leid, dass alles so ein Durcheinander ist, und ich möchte Dich wirklich gern sehen, wenn Du im Oktober nach Marseille kommst.

Wir haben die Murphys vor ihrer Abreise gesehen. Und schmorten mit ihnen zusammen ein wenig vor uns hin (auf ihrer Party). Das heißt eigentlich, *wir* allein waren es, die schmorten. Und ich glaube, es hat hierüber eine Art von gefühlsduseliger Versöhnung gegeben. Jedenfalls sind sie in meinen Augen verblasst, und ich muss sagen, dass ich sie gar nicht mehr besonders leiden kann. Auch die Mclieshes sind mehr und mehr zu Schatten geworden. Er ist so nett, aber sie ist im Herzen nur eine Clubtante und hat den ganzen Sommer auf subtile Weise für Ärger gesorgt. Wir haben Marice gesehen, an dem Tag, an dem sie fortging + der lange Strand atmete Verlassenheit und ihr Gesicht und die alberne Ansammlung von Chiclet-Kaugummis für den Garoupe-Strand in ihrem Schlafzimmer, all das ist der stärkste Eindruck, der mir von diesem unnützen und belanglosen Sommer geblieben ist. Es hätte sich alles genauso gut in Roslynn auf Long Island zugetragen haben können.

Mit dem Schwimmen ist es nun fast vorüber. Wir haben unsere Tickets für die Überfahrt nach Amerika am 10. Dezember mit der *Conte Biancomo.* Werden den Winter in New York verbringen. Bishop war hier mit seiner unbeschreiblich schrecklichen Frau. Er wirkte ziemlich blutarm und heruntergeputzt. Eine fahle Erinnerung an die Vergangenheit, was meine Einschätzung anbelangt.

Ich bin höllisch froh über die Story und hoffe, sie ist die erste von vielen.

Ich weiß leider viel zu wenig mit mir anzufangen, um Dir heute noch mehr zu schreiben. Denk dran – wenn ich Dir finanzielle Hilfe geben kann, lass es mich wissen.

Immer Dein Freund
Scott –

Ich hatte noch weitaus mehr zu sagen, aber es ist halb vier Uhr in der Nacht, und ich habe seit heute Morgen um 11 gearbeitet, und alles ist ein wenig vernebelt. Hast Du

Die spanische Farm
+
Vierundsechzig – Neunundvierzig
von [Ralph Hale] Mottram gelesen?

Wunderbare Kriegsbücher. Um einiges besser noch als Ford Maddox Ford. Um genau zu sein, das Beste, was ich in diesem Sommer gelesen habe. Habe übrigens Deinen Cousin aus Princeton getroffen!

AN SCOTT

Paris, ca. 24. November 1926

Lieber Scott:
Die ganze Woche habe ich versucht, zu Dir zu kommen und Dich zu besuchen, bevor Du abreist – Mike Ward sollte ein Auto für die Fahrt bekommen, aber erst wurde er krank – und dann waren die Autos dauernd besetzt; und dann wurde der Bursche, der ihn auf der Bank vertreten sollte, krank, und das führt uns zum heutigen Mittwoch, dem letzten Termin, an dem wir abfahren sollten.

Wie geht's Dir, und wie ist es Dir ergangen? Hast Du gearbeitet? Wie ist der Roman? Ich wette, es wird ein verdammt guter Roman, wenn Du Dich erst einmal hinsetzt und ihn schreibst – und Du musst doch in Juan-les-Pins eine Menge Zeit zum Schreiben gehabt haben.

Ich hatte eine tolle Arbeitsperiode; eine weitere Erzählung an *Scribner's* verkauft – zwei geschrieben – und ihnen noch eine geschickt, die sie sicher auch kaufen werden – eine ungeheuer gute Geschichte über Mailand während des Krieges – und soeben eine noch bessere beendet, die ich jetzt abtippen sollte. Habe noch zwei Erzählungen, von denen ich weiß, dass ich sie nicht verkaufen kann, und die ich also nicht verschicke – aber in einem Buch werden sie sich gut machen.

Dies ist eine blöde geliehene Schreibmaschine – meine eigene ist kaputt. Ich sehe in einer Anzeige der *World*, dass *Fiesta* in die 2. Auflage geht, und Heywood Broun schreibt in derselben Ausgabe vom 19. Nov. eine ganze Spalte darüber usw. Besprechungen waren günstig, obwohl die Jungs sich nicht einig darüber zu sein schienen, ob ich nun das meiste von Dir oder von Michael Arien abgeschrieben habe, und so danke ich Euch beiden sehr – und besonders Dir, Scott, weil Du mir gefällst und ich Arland nicht kenne und außerdem gehört habe, er sei ein Armenier, und es erschiene mir ein wenig voreilig, einem Armenier dankbar zu sein. Aber Dir bin ich bestimmt dankbar, und ich werde *Scribner's* bitten, in alle Auflagen ab der achten als Untertitel einzufügen

DIE SONNE GEHT AUF (WIE IHR SCHWANZ, FALLS SIE EINEN HABEN)
Ein größerer Gatsby
(Geschrieben mit der Freundschaft von F. Scott Fitzgerald, dem Propheten des JAZZ-ZEITALTERS)

Gott, ich wünschte, ich könnte Dich sehen. Du bist der einzige Kerl in und außerhalb Europas, von dem (oder gegen den) ich das sagen kann, aber ich würde Dich wahrhaftig gern sehen. Ich habe nicht genug Geld, um mit dem Zug zu kommen, und war also diesen nicht fahrenden Gratis-Autos ausgeliefert. Durch das schlechte Wetter war Fahrradfahren unmöglich. Ich hab's einmal angefangen, bin aber furchtbar auf die Schnauze gefallen und hab mir die épaule geluxet. Wie geht's Dir denn überhaupt.

Was bedeutet 2. Auflage in Zahlen? Das Buch erschien am 22. Okt.; das stand in der Anzeige vom 19. Nov. Max Perkins schrieb am 4. Nov., dass es nicht viele Vorbestellungen gegeben hätte, dass jetzt aber Nachbestellungen einliefen. Zahlen hat er nicht genannt. Hat er Dir geschrieben?

College Humor hat mit der Bitte geschrieben, ich solle Aufsätze für sie schreiben, Stücke, Scheiße oder einen langen Roman; ich habe den Brief an Max weitergeschickt, der ihn Reynolds geben soll. Manchmal habe ich was Lustiges, und ich denke, Reynolds könnte so was verkaufen wollen, zumal mir jemand erzählt hat, *Cowedge Humour* zahle enorme Preise. Sie haben mir mitgeteilt, sie würden *Fiesta* in der Januar-Ausgabe besprechen. Hoffe, es läuft in Princeton besser als der Lampoon.

Nun zum Privatleben des bekannten, wo bekannten, Autors: Hadley lässt sich von mir scheiden. Habe ihr sämtliche vorhandenen Finanzen übertragen sowie alle erhaltenen und künftigen Tantiemen für *Fiesta*. Cape und Heinemann haben beide ein Angebot für die britischen Rechte gemacht. Meinst Du, dass Reynolds es an den Film oder so was verkaufen könnte? Kriege davon einen Anteil, wenn es so was gibt. Habe täglich nur einmal gegessen, und wenn ich müde genug bin, schlafe ich – in letzter Zeit geschuftet wie der Teufel – finde den Neubeginn des Lebens jämmerlicher als zu irgendeiner Zeit, seit ich 14 war, und das mit der Einkommensmöglichkeit, sämtliche Erzählungen an *Scribner's* zu verkaufen, sehr interessant. Ich glaube, das Leben aller geht zum Teufel, war aber trotzdem sehr gesund und in letzter Zeit auch fähig, wieder den Kopf zu gebrauchen. Falls jemand in N.Y. nach mir fragt, erzähle bloß nichts. Ich würde Dir alles genau erzählen, fühle mich aber nicht in der Lage, darüber zu schreiben, und sprechen kann ich auch nicht sehr gut darüber. Jedenfalls scheinen so viele Leute so gut über anderer Leute Angelegenheiten reden zu können, dass anscheinend kaum je die Notwendigkeit besteht, selbst darüber zu sprechen.

Jedenfalls habe ich die allgemeine Abmurksphase überwunden und werde mich nur noch unter gewissen besonderen Umständen abmurksen, von denen ich nicht glaube, dass sie eintreten werden. Habe mich der halbherzigen Gashahnaufdrehereien oder Pulsaderaufschlitzereien mit sterilisierten Sicherheitsrasierklingen enthalten. Setze mein Leben in der mir eigenen Rolle des Schweinehundes sans peur et sans rapproche fort. Das Einzige im Leben, wo ich glücklicherweise anständig war, ist Geld; dabei bin ich also ganz hervorragend und pedantisch. Außerdem werde ich jetzt von meinem Ehrgeiz verschlungen, mal eine richtig gute Arbeit zu machen, egal, wie sich alles entwickelt. Ich finde einige von den jetzigen Sachen gut. Habe viel gelernt.

Ich sollte hier jetzt abbrechen und es losschicken.

Schreib mir und erzähl mir den ganzen Klatsch. Was hörst Du aus N.Y.? Wo wirst Du wohnen? Wie geht's Zelda? Und Scotty? Bumby und Hadley geht es prächtig. Als Hadley verreist war, hatte ich Bumby für 10 Tage bei mir; eines Morgens nahm ich ihn in ein Café mit, kaufte ihm ein glace und eine neue Mundharmonika; und die Harmonika in der Hand und das glace essend, sagte er: »La vie est beau avec papa.« Er mag mich sehr, und wenn ich ihn frage, was Papa denn eigentlich tut, in der Hoffnung, von ihm zu hören, Papa ist ein großer Schrift-

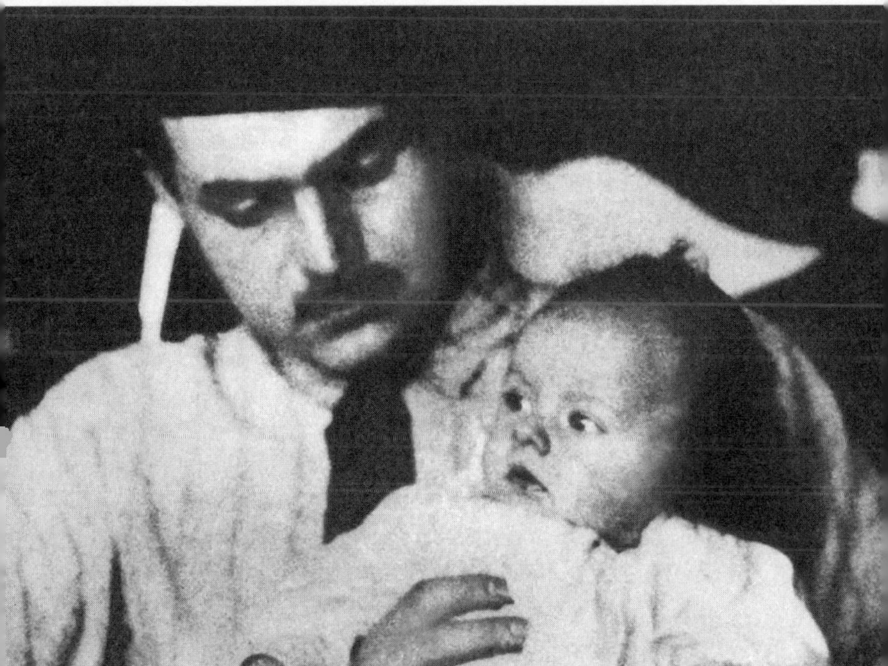

Ernest Hemingway in Paris mit seinem Sohn John (Bumby) als Baby, 1924.

steller, den Zeitungsausschnitten nach zu urteilen. Dann sagt er, Papa tut gar nichts. Also habe ich ihm beigebracht zu sagen: »Bumby wird für Papa sorgen.« Und das sagt er jetzt dauernd. Was wird Bumby machen? Bumby wird für Papa sorgen, en Espagne avec les taureaux.

Grüße an Euch alle

Ernest

AN ERNEST

Dezember 1926,
Briefpapier SS Conte Biancomo/
abgeschickt von Washington D.C.

Lieber Ernest,
Dein Brief hat mich deprimiert. Unvernünftigerweise, denn ich wusste mehr oder minder, was kommen würde. Ich wünschte, ich hätte Dich sehen + hören können. Wenn Du magst, gib mir einen kleinen Einblick in das, was Dir alles so widerfahren ist. Nun jedenfalls tut es mir leid, für Hadley und Dich + Bumby und ich hoffe, dass Ihr auf eine Weise alle zufrieden sein werdet und alles dann nicht mehr so hart und schlimm erscheint.

Ich kann Dir gar nicht sagen, wie viel mir Deine Freundschaft die letzten anderthalb Jahre über bedeutet hat. Von ihr ist für mich auf unserer Europareise das meiste Licht ausgegangen. Ich will ein Auge darauf haben, was sich in Deinen Angelegenheiten bei Scribner in Amerika tun lässt. Aber ich nehme an, dass die Notwendigkeit diesbezüglich schon passé ist und dass Du finanziell gesehen bald mehr auf Deinen eigenen Beinen stehen wirst.

Ich finde es schade, dass Du nicht nach Marseille gekommen bist. Ich werde dorthin zurückkehren – mit meinem Roman, der noch immer nicht vollendet ist und mit weniger Gesundheit + mit nicht viel mehr Geld als bei meinem letzten Aufenthalt, aber dennoch irgendwie zufrieden – mit Wind in den Segeln und dem vor uns ausgebreiteten New York und Zeldas vollkommener Genesung und glücklich über die Seiten meines Buches, die ich bisher schon geschrieben habe.

Ich bin hocherfreut über die Kritiken von *Fiesta* etc. Mir ist gar nicht aufgefallen, dass Du alles von mir gestohlen hast, aber ich bin mehr als bereit, es zu glauben + werde es allen erzählen. Übrigens gefiel mir das gedruckte Buch noch besser als das Manuskript.

Die erste Auflage betrug wahrscheinlich 5000. Die zweite Auflage könnte bedeuten, dass sie so gegen 4500 Stück verkauft haben, sodass sie nun weitere 3000 bestellt haben. Es könnte aber auch alles von 2500 bis 5000 bedeuten.

College-Humor zahlt sich aus. Es wird keinen Film von *Fiesta* geben, bevor es nicht ein Riesenerfolg oder ein Skandal ist. Aber das ist nur eine erste Einschätzung.

Wir alle haben »La vie est beau avec Papa« genossen. Wir sind ganz Bumbys Meinung.

Immer Dein Dir zugetaner
Scott

Schreib mir c/o Scribners.

1927

AN SCOTT

Paris, 31. März 1927

Lieber Scott:
Und Du bist auch mein ergebener Freund. Du tust mehr und arbeitest fleißiger und, o Scheiße, ich könnte ganz rührselig werden darüber, wie ungeheuer toll Du bist. Mein Gott, ich würde Dich gerne sehen. Die zwei Briefe vom *Roosevelt Hotel* und das Kabel wegen *Vanity Fair* habe ich diese Woche erhalten. Prinzipiell hatte ich beschlossen, keine Artikel, Erzählungen, Serien usw. auf Bestellung zu schreiben, weil ich nicht sehr entspannt arbeite und nichts aus dem Ärmel schütteln, sondern es nur herausquetschen kann, und dann ist es verbraucht und vertan. Aber Du hast Dir einen tollen Stoff ausgedacht, bei dem ich mir nicht unbedingt einen runterholen müsste, um darüber zu schreiben. Du bist ein unheimlich netter Bursche. Habe etwas für sie geschrieben, gest. Morgen im Bett. Werd's mir morgen noch mal ansehen und es dann in Ordnung bringen und abschicken. Bisschen Quatsch über Stierkämpfe. Ich denke, es könnte interessant sein.

Wie ist es Dir überhaupt gegangen? Wie fast fertig ist Dein Buch wirklich? Wie fühlst Du Dich?

Hadley und Bumby fahren am 16. April nach N.Y. Bumby war eine Zeit lang mit mir in der Schweiz, war prima. Nach den französischen Gesetzen darf ich ihn während der Ferien haben, und nach Hadley, wann immer ich will. Sie ist in prächtiger

Verfassung, sehr glücklich und sehr verliebt. Erzähl niemandem davon. Ich habe *Scribner's* gesagt, sie sollen alle Tantiemen für *Fiesta* direkt an sie überweisen. Dasselbe habe ich Cape gesagt. Kommt diesen Monat in England heraus. Bin die Fahnen durchgegangen, damit sie es nicht wie *In unserer Zeit* umschreiben und verstümmeln. Ich habe ein paar Erzählungen, die Du in der April-Nummer von *Scribner's* sehen wirst. Seitdem noch weitere vier geschrieben. Max Perkins wird Dir erzählt haben, dass *Atlantic Um eine Viertelmillion* angenommen hat. Weiß nicht, ob sie vorhaben, es auf besonders leicht brennbarem Papier zu drucken, mit einer Perforation am Rand, damit die Abonnenten es herausreißen und ins Feuer werfen können, um ihre *Atlantic*-Stapel nicht zu versauen.

Sie waren zu vornehm, von Geld zu sprechen. Bis jetzt habe ich noch nichts über die Bezahlung gehört. Zahlt *Atlantic* überhaupt?

Ist das nicht fein mit Mencken? Na na na stemma vor. Letzteres ist der Einfluss von Sinclair Lewis. In der Art reden seine Personen. Du kannst das Buch, an dem Du gerade arbeitest, blindlings drauflosschreiben, ohne die Spur zu halten oder Dir zu merken, welche Person welche ist, und gerätst trotzdem nicht in Gefahr, von den anderen Jungs Konkurrenz zu bekommen. Don [Stewart] hat sich aufs automatische Schreiben verlegt, und seine Frau versichert ihm, es wäre besser und schöner denn je. Bloomfields [Bromfields] nächstes Buch handelt von einem Prediger. (Anders als Somerset Maugham oder S. Lewis) wird Bloomfield vermutlich einen heruntergekommenen alten Neuengland-Prediger aus ihm machen, namens Cabot Cabot Cabot, und natürlich spricht er nur mit Gott – damit es sich auf Cod [Kabeljau] reimt. Aber ich sehe voraus, dass früher oder später die heruntergekommene französische Aristokratie in das Buch hineingeraten wird, und die werden dann alle Marquis Deidre de Chanel heißen und Leute sein, die

Louis Bromfield, der glänzendste und vollkommenste Meister seiner Zunft in der gesamten jüngeren Generation der Romanschreiber über die heruntergekommene französische Aristokratie, höchstselbst hautnah im *Ritz* und bei *Ciros* studiert haben wird – zweifellos auf enorme Kosten seiner Freunde. Ich war mal abends dort zum Essen, es gab eine Menge vin ordinaire, und dauernd sprangen Katzen auf den Tisch und rannten mit allem davon, was an bisschen Fischen da war, und dann schissen sie auf den Boden. Bloomfield, der sich Mühe gab, dass ich mich wie zu Hause fühlte, tat alles, nur legte er nicht gerade die Füße auf den Tisch. Ich dachte, um zu zeigen, dass ich mich wie zu Hause fühlte, hätte ich vielleicht in die Fingerschalen pinkeln sollen. Wir sprachen darüber, was für feine Bücher wir beide schrieben, und wie wir das machten. Ich persönlich mach's auf einer Corona Nummer 4. Und wenn ich sie reinige, mein Lieber, kann ich einfach nichts mit ihr anfangen.

Bin jetzt seit einigen Monaten pleite. Zum Glück fällt das mit der Fastenzeit zusammen. Ich werde bald im Himmel so viel Kredit erworben haben, dass ich Euch, Zelda und Scotty, aus dem Fegefeuer werde retten können, ohne mir mehr als eine schlimme Erkältung dabei zu holen. Pat [Guthrie] hat Duff [Twysden] verlassen und lebt jetzt mit Lorna Lindsay oder Linslay zusammen. Ein Bursche namens [Harold] Loeb war in der Stadt und wollte mich erschießen; also ließ ich die Nachricht verbreiten, dass man mich Samstag und Sonntag nachmittags von zwei bis vier unbewaffnet vor *Lipps Brasserie* sitzend finden könne, und jeder, der mich zu erschießen wünsche, solle kommen und es tun, oder er solle um Gottes willen aufhören, davon zu reden. Keine Kugeln pfiffen. Es ging das Gerücht um, ich sei in die Schweiz gegangen, um nicht von wahnsinnigen Figuren aus meinen Büchern erschossen zu werden.

Pauline geht es gut, sie ist aus Amerika zurück. Ich bin jetzt schon so ungeheuer lange in sie verliebt, dass es wahrhaftig schön ist, ein klein wenig von ihr zu sehen.

War nicht im Quartier [Latin], habe auch niemanden gesehen – Murphys und die Mac Leishs sind auf dem Weg nach Mitteleuropa hier durchgekommen. Bekam eine Karte von Gerald aus Berlin, der mir sein Atelier, wo ich schon mal gewohnt habe, für den 1. Mai absagt. Irgendein anderer wird es für irgendwas anderes benutzen. Es war prima von ihnen, dass sie es mich benutzen ließen, und verdammt viel besser als etwa unter den Brücken. Sie waren prima. Mac Leishes auch.

Doch wenn Du nichts dagegen hast, Du bist mein allerbester Freund. Und nicht nur – Teufel auch – das kann ich nicht schreiben, aber ich lege sehr großen Wert auf die Sache.

Grüß Zelda von mir, und empfiehl Mr. Hemingway Deiner Scotty.

Immer Dein

Ernest

AN ERNEST

18. April 1927, »Ellerslie«,
Edgemoor, Delaware

Gott! Diese schrecklichen Bromfields! Ich habe mich an diese knauserigen Abendessen sofort erinnert.

Lieber Ernest,

Deine Storys waren großartig (in der April-Ausgabe von *Scribner's* [Zeitschrift]). Aber genauso wie ich musst Du auf die Joseph-Conrad-Rhythmen in der direkten Rede von Figuren achten. Insbesondere, wenn Du eine einzelne Formulierung herausarbeitest, nach der Du eine Figur leben lässt.

»Im Herbst gab es den Krieg noch immer, aber wir gingen

Scott, Zelda und Scottie Fitzgerald in Paris.

nicht mehr hin.«[1] Das ist einer der schönsten Sätze in Prosa, die ich jemals gelesen habe. Mir ist in letzter Zeit so viel widerfahren, dass ich daran verzweifle, nicht alles verwenden zu können. Oder alles zu vergessen, was dasselbe wäre. Ich hasse es, daran zu denken, dass Du in so einer Geldnot bist. Bitte nimm dies, wenn es ein bisschen hilft.[2] *The Atlantic* würde ungefähr 200 zahlen, schätze ich. Ich werde mich mit Perkins in dieser Sache in Verbindung setzen, wenn er aus dem Urlaub zurück ist (in einer Woche). Können sie Dir nicht für alles, was Du brauchst, einen Vorschuss geben – auf das Buch mit den Storys? Der Titel ist übrigens fein. Wie stehen die Chancen auf eine Stippvisite diesen Sommer?

Die Adresse für 1 Jahr:
Ellerslie Mansion
Edge Moor Delaware

Riesiges altes Haus am Delaware River
mit Säulen etc.

Ich werde »Oberst« genannt.
Und Zelda »die olle Missus«.

Mein Roman sollte am 1ten Juli beendet sein.

Mit übereifrigen + zielgerichteten guten Wünschen
Scott

AN SCOTT

Hendaye, ca. 15. September 1927

Lieber Scott:
Habe Deinen Scheck bekommen und wie ein Schweinehund eingelöst, ohne zu schreiben und geschrieben zu haben. Was ich Dir, wenn Du Dein Bankkonto studierst, nicht zu erzählen brauche. Aber denk bloß nicht, ich wäre jetzt zu einem [Ben] Hecht oder [Maxwell] Bodenheim oder sonst einem dieser literarischen Pinkel geworden, die glauben, dass einen

das Bücherschreiben zu Diebereien usw. berechtigt, denn jetzt schreibe ich, und ich werde Dir die hundert Eier zurückzahlen, sobald das neue Monumentalwerk *Männer ohne Frauen* herauskommt. Nicht später als Oktober, wollen wir beide hoffen.

Wie geht's Dir denn? Wie findest Du den Titel *Männer ohne Frauen?* Ich konnte keinen Titel finden, Fitz, obwohl ich den ganzen Ecclesiastes durchwühlt habe. Perkins, den Du vielleicht getroffen hast, wollte einen Titel für das Buch. Perkins ist mir vielleicht einer, hab ich gedacht, was für eine drollige Vorstellung! Er will einen Titel für das Buch. Äußerst merkwürdig. Ich war damals gerade in Gstaad, und so ging ich in alle Buchhandlungen und versuchte, eine Bibel zu kaufen, um einen Titel zu finden. Aber alles, was die Mistkerle zu verkaufen hatten, waren kleine geschnitzte braune Holzbären. So dachte ich eine Zeit lang daran, das Buch *Kleiner geschnitzter Holzbär* zu nennen und dann den Deutungen der Kritiker zu lauschen. Zum Glück war zufällig ein anglikanischer Geistlicher im Städtchen, der am nächsten Tag abreiste und Pauline seine Bibel lieh, nachdem sie versprochen hatte, sie ihm am selben Abend zurückzugeben, denn es war die Bibel, mit der er ordiniert worden war. Also, Fitz, ich suchte in dieser ganzen Bibel herum, die sehr schön gedruckt war, und stieß auf dieses große Buch Ecclesiastes und las es laut allen vor, die es hören wollten. Ich war bald allein und begann auf diese dämliche Bibel zu fluchen, weil keine Titel drin waren – obwohl ich den Ursprung praktisch aller guten Titel, von denen man je gehört hat, dort gefunden habe. Aber die Jungs, besonders Kipling, sind vor mir da gewesen und haben sämtliche brauchbaren geklaut, und daher nannte ich das Buch *Männer ohne Frauen*, in der Hoffnung, es würde sich damit an Schwule und alte Vassar-Girls enorm gut verkaufen lassen.

Wenn Du diesen Absatz für langweilig hältst, sieh Dir noch einmal den ersten Absatz an, wo ich versprochen habe, Dir die hundert Dollar zurückzuzahlen. Fitz, in diesem Absatz liegt Gold.

Was ist mit Deinem Roman? Hast Du ihn beendet? Wann erscheint er? Ich weiß, es wird Dich freuen zu hören, dass ich meinen neuen Roman *The World's Fair* nennen werde. Brommy, wie ich den lieben Louis [Bromfield] nenne, freut sich auch. Hast Du gelesen, wie Fanny Butcher, die Frau mit dem Kalbshirn, Brommy den amerikanischen Fielding genannt hat? Du lieber Gott. Das war es, was mich wieder zum Schreiben bewegt hat. Auf Grund des Klimas, der Temperatur, der Erziehung, des Mangels an Erfahrung, an Bildung und an *tripas* gibt es und wird es keinen amerikanischen Fielding geben, aber ich habe mich dennoch entschlossen, dieser Mistkerl – Teufel auch. Es ist allerdings komisch, wenn ein Bursche sich aufmacht, um der amerikanische Galsworthy zu werden und dann der amerikanische Fielding genannt wird.

Ich selbst, Fitz, habe die herrliche Erfahrung gemacht, als der knickrigste Mensch der Welt betrachtet zu werden, weil ich nichts von meinen Einnahmen aus *Fiesta* lockergemacht und ausgegeben habe, wohingegen ich fünf Monate lang von Deinen 100 und den 750 Dollar, die ich von Maxwell Perkins bekommen habe, gelebt habe und in der Zwischenzeit beträchtliche Mengen Kies von Hearst zurückgewiesen habe, einschließlich der Rücksendung eines Schecks über 1000 Eier, der mir als Vorschuss auf einen Vertrag über 10 Geschichten geschickt worden war, 1000 für die ersten fünf, 1250 für die zweiten fünf – außerdem 15 000 für die Abdruckrechte usw. Zweifellos wäre es einem unparteiischen Beobachter zweckmäßiger erschienen, wenn ich die tausend von Hearst und nicht die hundert von Fitzgerald genommen hätte, und das wäre es auch gewesen. Das einzig Dumme daran ist, dass ich unter Vertrag kein einziges Wort schreiben *kann*, ich *kann* es nicht.

Jedenfalls werde ich jetzt einen tollen Roman schreiben –

aber ich will nicht darüber reden; denn es ist viel bequemer, darüber zu reden, als ihn zu schreiben; folglich droht also Ersteres.

Bekam von *Who's Who* einen Fragebogen zum Ausfüllen; mein Leben war so scheißkompliziert, dass ich nur zwei von den Fragen beantworten konnte, und ich wusste nicht, ob die nicht gegen mich verwendet werden könnten.

Hadley und Bumby geht es gut; sie waren an der Westküste, wo Du auch schon gewesen bist und also weißt, wie's da zugeht. Hadley hat vor, mit der »Lancastria« am 22. Okt. von N.Y. abzufahren, und wird vorher drei oder vier Tage in N.Y. bleiben – ihre Adresse ist c/o Guaranty Trust N.Y. Wenn Du in der Stadt wärst und sie besuchen könntest, würde sie sich unheimlich darüber freuen, das weiß ich, und ich wäre auch sehr dankbar dafür.

Pauline geht es gut. Wir wollten eigentlich diesen Herbst in die Staaten kommen, aber da ich anfange, ordentlich zu schreiben, mache ich besser weiter und bringe die Sache zu Ende und komme dann im Frühjahr rüber. Wo wirst du sein. Bitte verzeih mir, Scott, dass ich so ein Saftsack gewesen bin, weil ich nicht geschrieben und mich nicht für den Scheck bedankt habe. Ich bekam eine Nachricht von Northrup in Santiago, mit einer Karte von Dir – sie kam gerade, als er abfuhr. Schreibe ihm daher nach Chicago.

Grüße an Zelda und Scotty – schreib mir den ganzen Klatsch. Ich glaube, die Murphys waren den ganzen Sommer in Antibes. Von Don Stewart habe ich, seit er letzten Herbst abgereist ist, nichts mehr gehört. Nichts von [Bob] Benchley. Ziemlich oft Briefe von Dos. Mac Leishs sind in Amerika. Nachdem Duff [Twysden] geschieden war, wollte Pat [Guthrie] sie nicht mehr heiraten, weil sie nicht mehr so gut aussah; jetzt lebt er mit Lorna Lindsley zusammen, die ihn mit einem faulen Scheck vor dem Gefängnis bewahrt hat und ihn jederzeit ins Gefängnis bringen kann. Duff ist in der Stadt. Sie hat ihr Kind aus England entführt und hat kein Geld, es zu ernähren – ihr bisschen Einkommen geht ganz dafür drauf, Kind und Kindermädchen in Südfrankreich im reduzierten Stil aristokratischer Jugend leben zu lassen. Ich habe sie zufällig eines Abends getroffen – sie war wegen *Fiesta* nicht sauer – sagte nur, sie hätte nie mit diesem blöden Stierkämpfer geschlafen. Das war der einzige Abend innerhalb eines Jahres, an dem ich im Quartier gewesen bin. War ab ersten Juli in Spanien – bloß so herumgezogen, fuhr durch ganz Galicia.

Was soll's. Schreib bitte. Würde gern alles über die literarische Szene hören – möchte Dich sehen und mit Dir reden.

Dein

Ernest

AN ERNEST

Oktober 1927, Edgemoor, Delaware

Lieber Ernest:
tausend Leute werden Dir diesen Artikel[3] schicken. Ich denke, das wird Dir ein Gefühl für Deine öffentliche Präsenz vermitteln. Er ist gut gemeint – ein paar Tage zuvor hat derselbe Mann Dein Buch gelobt.

Das Buch [*Männer ohne Frauen*] ist gut. Ich mag es genauso gern wie *Fiesta,* was erst der Anfang sein soll, Dir meine Begeisterung zum Ausdruck zu bringen. Trotz der emotionalen wie geographischen Landstreicherei ergibt sich eine Einheit. Ebenso wie bei Conrads Büchern über Conte. Zelda hat es auch mit Faszination gelesen. Es gefällt ihr noch besser als alles, was Du vorher geschrieben hast. Ihre liebste Geschichte war

Ernest Hemingway und seine zweite Frau Pauline
am Strand von San Sebastian, 1927.

Hügel wie weiße Elefanten, meine war *Müde bin ich geh zur Ruh,* die, wie ich fand, noch *Die Killer* übertrumpfte. Diejenige über die Indianer war die Einzige, die mich kalt gelassen hat, und ich bin froh, dass Du *Oben in Michigan* ausgelassen hast.

Diese Art von Geschichten gehören wahrscheinlich einer früheren + schon fast ausgeschöpften Periode an.

»Im Herbst gab es den Krieg noch immer, aber wir gingen nicht mehr hin.« Mein Gott, was für eine schöne Zeile. Und die Wachträume in *Müde bin ich* und die ganze Stimmung in *Hügel wie.*

Hast Du die Vorbesprechung von diesem Schwanzlutscher namens Rascoe gesehen? Der hat ganz offensichtlich nur drei Geschichten gelesen, wollte aber natürlich der Allerflinkeste sein. Max sagte, es sind fast 7500 verkauft – wie auch immer, das war vor fünf Tagen. Ich mag Deinen Titel – *All die traurigen jungen Männer ohne Frauen*[4] –, und ich sehe, dass sich mein Einfluss auf Dich allmählich bemerkbar macht. Manuel Carcia ist offenkundig Gatsby. Was Du nicht von mir gelernt hast, wirst Du von der guten Dame Bromfield lernen, nicht mehr lange, und Du wirst vor dem Wagen der jüngeren Generation hermarschieren.

Keine Arbeit diesen Sommer, dafür viel im Herbst. Hoffe, den Roman bis 1ten Dezember zu beenden. Bin derzeit höllisch nervös – das ist rein physisch, aber ängstigt mich auch, bis zu dem Punkt, dass meine inneren Räder durchdrehen und ich nikotinfreie Zigaretten rauche. Zelda geht dreimal wöchentlich zum Balletttanzen mit dem Philadelphia Orchester – und malt auch. Ich denke, dass es weise von Dir war, Dich nicht auf das Hearst-Angebot einzulassen. Ich hatte einen Vertrag mit denen, der mir – wie sich herausstellte – unsagbaren Schaden dieser oder jener Art bescherte. Long ist ein rührseliger Lumpensammler, ohne den leisesten Anflug von Geschmack oder Individualität – nicht mit annähernd so viel wie Lorimer zum

Beispiel. Wie auch immer – warum schickst Du Deine Storys nicht Paul Reynolds? Er würde sich gern darum bemühen + gute Preise für Dich herausschlagen.

Die *Post* zahlt mir jetzt $ 3500. Dieses kleine Detail, damit Du auch sicher sein kannst, wer Dir diesen Brief schreibt.

Ich kann Dir gar nicht sagen, wie sehr ich Dich vermisse. Komme vielleicht im März oder April für sechs Wochen vorbei. *Die Towers* [von Glenway Wescott] war respektabel, aber gewöhnlich, und kommst Du nach Hause. Grüß Pauline.

Mit guten Wünschen + Zuneigung, Scott.

AN ERNEST

Dezember 1927,
Ellerslie, Edgemoor, Delaware

Lieber Ernest:
Perkins hat mir den Scheck über 800 Mickerlinge (wie wir im Westen sagen) geschickt, was bedeutet – so hoffe ich –, dass Du es dir auf Deine eigene asketische Weise auch halbwegs behaglich machen kannst. Ich bin fast durch mit meinem Roman, war allerdings ausgebrannt und musste drei Geschichten für die *Post* schreiben. Ich bin nun deren Lieblingsexponat und lutsche ihnen den Schwanz zu der Musik von 32 000 Mickerlingen pro Schandtat. Es hat nicht lange gedauert, bis ich kapiert habe, was da vor sich geht. (Dieses toughe Gerede ist nicht wirklich charakteristisch für mich. Das macht der Einfluss von *Männer ohne Frauen.*) Louis Golding ist ausgestiegen + sagte, dass wir beide die Hoffnung der amerikanischen Literatur seien (wenn man sie denn ausfindig machen kann). Aber mal abgesehen davon, sehen die Dinge schwarz aus. Der alte Kumpel Brommy [Bromfield] räumt den Westen ab, Edna

Ferber räumt dagegen den Osten ab, und Paul Rosenfeld räumt ab, was noch übrig ist, um es in einen prunkvoll verzierten Papierkorb von riesigen Ausmaßen zu fegen – ein Geschenk, das jeder echte Kerl mögen würde – es wird im November unter dem Titel *Die wahre Freizeit-Truppe* veröffentlicht und beinhaltet auch Kurzgeschichten von Balzac und Poeten, so dünnhäutig und berührt von allem, dass ihre Äußerungen stets genau denselben Grad an Milde aufweisen. Zuletzt habe ich mich an *Manche Menschen*[5] erfreut, an *Bismark* (Ludwigs),[6] an *Him*[7] (in Teilen) und an den Memoiren von Ludendorff. Ich habe ein neues deutsches Kriegsbuch – *Die Krieg against Krieg*[8], das Männer zeigt, deren Gesichter in der Picardie und im Kaukasus verstümmelt und entstellt wurden. Du kannst Dir gar nicht vorstellen, wie schnell ich damit durch war. Mir tropfte vor Faszination förmlich der Speichel aus dem Mund.

Wenn Du zurzeit an etwas schreibst, das in die Richtung einer »sportlichen« Geschichte geht – bitte probier es bei der *Post* oder lass mich das übernehmen. Oder versuch es bei Reynolds. Du warst klug, Dich nicht von der Hearst-Sache festsetzen zu lassen. Das sind regelrechte Nutten, die einen mit Verträgen anfüttern wie Greifvögel-Papas, wenn ich einen passenden Vergleich anführen darf.

Ich habe seit einem Monat keinen Alkohol mehr angerührt, aber Weihnachten steht bevor.

Bitte schreib mir eine kleine Abhandlung über Deine letzten Abenteuer. Ich habe gehört, Du wurdest gesehen, wie Du in alten verdreckten Unterhosen durch Portugal gerast bist und zermahlenes Glas gekaut hast und auf der Suche nach Material warst für eine Story über Boulespieler. Und dass Du der Mann für die Öffentlichkeitsarbeit von Lindberg geworden bist. Und dass Du gerade einen Roman beendet hast, der aus hunderttausend Wörtern besteht – genauer gesagt ausschließlich aus dem Wort Klöten, das Du immer wieder neuen Gruppierungen zuordnest. Dass Du spanischer Staatsbürger geworden bist und jetzt immer in einem Ganzkörperweinschlauch steckst, mit einer Reißverschlussöffnung zum Pissen daran. Dass Du in den Schwarzhandel mit der Spanischen Fliege zwischen San Sebastian und Biaritz involviert bist, wo Deine Mittelsmänner das Zeug auf den teuren Böden der Casinos verstreuen.

Ich hoffe, dass ich falsch informiert bin, aber – ach! – es hat alles einen wahren Klang an sich. Zu Deinem eigenen Besten sollte ich bald dorthin zurückkehren, und wir sollten beide endlich versuchen, gute Kerle zu einem lausigen Kurs zu sein.

Denk an mich, bevor Du das nächste Mal aus den Latschen kippst!

Dieses Land ist ziemlich wowsy, aber Frankreich ist swehw[9], und ich hoffe, ich kann nächsten März und April oder April und Mai hier oder dort auf dem Kontinent verbringen. Wie geht es Dir, körperlich und geistig? Kannst Du schlafen? *Müde bin ich geh zur Ruh* ist eine ausgezeichnete Geschichte. Ich finde, Du solltest ein auf das Weibliche bezogenes Pendant dazu schreiben: *Müde bin ich geh mit ihr! zur Ruh.*

Entschuldige meine Anrüchigkeit, aber ich bin oversexed und habe eine Menge Salpeter in meine Pâté de Foie Gras au Trüffel Provêncal gekippt. Bitte schreib mir Neuigkeiten. Alles Liebe an Pauline. Auch von Zelda an Euch beide. Gott wird jedem vergeben – sogar Robert McAlmon and Burten Rascoe.

Immer in Verbundenheit, Scott.

1928

AN ERNEST

Juli 1928, Paris

Winzigkleiner Winkel
Sunshineville

Kostbarer Papa, Stierkämpfer, Gourmand etc.

Mir ist zu Ohren gekommen:

(a) Dass Du gesehen wurdest, wie Du mit dem Fahrrad durch Kansas gefahren bist und auf etwas herumgekaut + es ausgespuckt hast – eine Mischung aus Ziegenfleisch + Chicorée, den die Einheimischen sammeln und als Heilmittel gegen Arterienverengung verkaufen und damit den Markt überschwemmen.

(b) Dass Bumby das Benjamin-Altmann-Stipendium an der Cundle-Fakultät gewonnen hat und erste Preise auf den Gebieten der vergleichenden Erkenntnistheorie, der verschiedenen Erkrankungsformen von Kormoranen + kleinerer Greifvögel, im Fachbereich Amateur-Gynäkologie sowie auf dem Gebiet von nervösen Darmerkrankungen eingeheimst hat.

(c) Dass Du daran gehst, mit Jim Trully[1] in Washdog Wisconsin in einen Ring zu steigen, und zwar mit einem angelegten Keuschheitsgürtel und Bubikopf-Haarschnitt.

____

____

Ist all das wahr?

Wir sind wieder mit den Murphys befreundet. Haben sehr viel über Dich geredet + obwohl wir bemüht waren, nur nette Dinge zu sagen, haben wir auch ein paar fiese Witze gerissen, die Dich amüsiert hätten – wie über so ziemlich jeden anderen Menschen auch. Das geschieht Dir recht, wenn Du so weit weg bist. Bin übrigens zweimal bei Hadley vorbeigegangen. Sie war beide Male nicht da, habe dafür aber einmal Bumby gesehen. Denke, er ist der beste Junge, den ich jemals im Umkreis von 1000 Meilen angetroffen habe.

Gut, alter gottgläubiger Makrelenfänger, verschlinge eine Oblate + + einen Messbecher voller Blut[2] für mich, und wenn Du wieder schattenboxend in mein Leben gewirbelt kommst mit Deinen neuen Synonymen für die Wörter »swewa« und »wousy« (die Du – wie Dir mit Sicherheit bewusst ist, der ganzen weiten Welt geschenkt hast), wird niemand zufriedener sein als

Dein Dir ergebener Freund
Scott Fitzg-

Zerbrich Dir drüben in Amerika bitte nicht den Kopf über mein Statement, dass Du in Caporetto drei Tage allein einen Brückenkopf (oder war es eher ein Drogenkopf?) verteidigt und damit die ganze 2te Österreichische Armee vollends durcheinander gebracht hättest. In spätestens fünfzig Jahren werden all jene, die das in Abrede stellen können, tot sein oder zu sehr damit beschäftigt, ihre eigenen Brückenköpfe zu verteidigen. Wie zum Beispiel Lawrence Stallings, der sich all die gemeinsamen Heldentaten der 5ten und 6ten Marineinfanterie selbst zuschreibt: »Hebuterne? Natürlich kenne ich diesen Ort. Ich habe ihn eingenommen.«

Schicke Lorimer mal eine Story! Ich habe Menckens öffentliche Entschuldigung gelesen.[3] Nicht schlecht für einen alten Mann, der seine Schwierigkeiten gehabt hat. Gott möge uns allen helfen! Habe in letzter Zeit recht viel von Joyce zu sehen bekommen. Bitte komm bald mal zurück. Werden bis 20ten August hier sein (58 Rue de Vaugirard). Dann geht es für ein paar Monate zurück nach Amerika.

Alles Liebe für Pauline!

AN SCOTT

Piggott, ca. 9. Oktober 1928

Lieber Mr. Fizzgeral:
Ein Brief, den ich vor einiger Zeit von Maxwell E Perkins erhielt, enthüllte mir, dass Du täglich acht Stunden arbeitest – Joyce arbeitete, glaub ich, zwölf. Das reizt zu Vergleichen, wie lange Ihr zwei großen Autoren brauchtet, um Eure Arbeit zu beenden.

Also Fitz, Du bist bestimmt ein Arbeiter. Ich bin nie fähig gewesen, länger als zwei Stunden zu schreiben, ohne nicht völlig außer Atem zu kommen – ein bisschen länger, und das Zeug fängt an, zu Schund zu werden; aber der alte Fitz, den ich mal kannte, der arbeitet acht Stunden am Tag. Wie fühlt man sich dabei, alter Knabe? Was ist das Geheimnis Deiner Fähigkeit, jeden Tag acht Stunden schreiben zu können. Ich erwarte mit ziemlicher Spannung, das Ergebnis zu sehen. Wird es so sein wie das von dem anderen großen Arbeiter und Mit-Kelten? Hast Du Dich bemüht, unverständlich zu schreiben? Wenn ich mir doch bloß mal den kleinen Ruck geben könnte, unverständlich zu schreiben, dann könnte ich zehn und zwölf

Stunden am Tag arbeiten und immer vollkommen [Wort ausgelöscht] sein wie Gertrude Stein, die, seitdem sie vor über achtzehn Jahren anfing, unverständlich zu schreiben, keine Sekunde mehr mit ihrer Arbeit unzufrieden gewesen ist.

Du dreckiger, schmieriger Lügner, zu sagen, Du arbeitest (schreibst) acht Stunden am Tag.

Schick an [George Horace] Lorimer eine Erzählung, verdammt. Ich lasse Dich Erzählungen für uns beide an Lorimer schicken.

Habe die erste Fassung meines verfluchten Buches vor einem Monat beendet – gehe jetzt in ein paar Wochen nach Osten. Wollte hier mehrere Erzählungen schreiben, aber da ich das Schreiben für einen Monat eingestellt hatte, habe ich jeglichen Antrieb verloren, und jetzt fühle ich mich zu gesund und gleichzeitig geistig ausgepumpt. Gott, ich habe hart an diesem Buch gearbeitet. Will unbedingt anfangen, es umzuschreiben, aber ich weiß, dass ich noch eine Weile warten muss.

Bin eben aus Montana zurück, war von Wyo. aus dort – war toll. Pat hat sein Gewicht in drei Monaten verdoppelt – wog am Anfang 9 und noch was. Er sieht aus wie H [unleserlich], weint nie und lacht dauernd – schläft die ganze Nacht durch, ist gebaut wie ein massives Scheißhaus. Ich überlege, ob ich nicht eine Anzeige in *The Nation* oder sonst einem geeigneten Medium aufgeben soll: Sind Ihre Kinder verkrüppelt, missgestaltet, in irgendeiner Weise unbefriedigend? Besuchen Sie E. Hemingway (dann Bilder der Produkte – alle von verschiedenen Müttern). Vielleicht kann er Ihnen helfen. Mr. Hemingway versteht Ihr Problem. Er ist der Autor von *Mr. und Mrs. Elliot*. Er weiß, wo Sie der Schuh drückt. Er selbst hat ein anderes Problem. Mr. Hemingway muss Kinder vermeiden. Seit seinem vierzehnten Lebensjahr wird er von einer Reihe vollkommener Kleinchen in Verlegenheit gebracht. Nun hat er beschlossen, diese große Gabe allen zugänglich zu machen. Trennen Sie beiliegenden Coupon ab und schicken Sie ihn in einem einfachen frankierten Umschlag ab, und schon erhalten Sie sein Büchlein »Vollkommene Kinder für Sie alle«.

Schicken Sie nur den Coupon und ein Foto von sich, und Sie werden eine persönliche Antwort von Mr. Hemingway selbst erhalten.

Verwechseln Sie Mr. Hemingway nicht mit Mr. FitzGerald. Zwar stimmt es, dass Mr. FitzGerald der Vater eines sehr vollkommenen Kindes ist, mit, das müssen wir einräumen, einem entzückenden englischen Akzent (etwas, was Mr. Hemingway seinen Klienten nicht garantieren kann). Aber Mr. FitzGerald ist das, was in der Branche als »Ein-Akter« bekannt ist. Wenn Sie mögen, nehmen Sie Mr. Fizzgerow, aber am Ende wird es Ihnen leid tun. Von Mr. Dos Passos müssen wir jedoch schärfstens abraten. Nehmen Sie in Ihrem eigenen Interesse nicht Mr. Dos Passos. Mr. Dos Passos ist praktisch »steril«. Sie alle wissen, was das heißt. Mr. D. P. kann keine Kinder bekommen. Der arme Mr. D. P. Es stimmt schon, Mr. Hemingway beneidet Mr. Dos Passos zuweilen, aber dies ist nur ein weiterer Beweis für Mr. Hemingways wahren Wert für Sie.

Kürzlich gab es eine Tendenz, Mr. [gestrichen] zu nehmen. Der Takt verbietet uns, Vornamen (oder Nachnamen) von Mr. [gestrichen] anzugeben. Wir können Ihnen nur davon abraten. Fragen Sie nicht nach unseren Gründen. Auch Mr. Donald Ogden Stewart hatte vor kurzem in diesem Zusammenhang einen gewissen Ruhm, jedoch können wir Mr. Stewart nach reiflicher Überlegung guten Gewissens nicht empfehlen. Mr. Stewart könnte eine »Eintagsfliege« sein. Und in der Sozialpolitik von heute gibt es keine größere Geldverschwendung als die Beschäftigung einer Eintagsfliege. Dann ist da noch der religiöse Aspekt. Mr. Hemingway war, unabhängig von allen Religionen, immer erfolgreich. Selbst bei fehlender Religion konnte ihm kein Versagen nachgewiesen werden. Er ist weder in Bezug auf Konfession noch auf Hautfarbe voreingenommen.

Du verstehst, mein lieber Fitz, nichts von dem ist persönlich gemeint. Wenn ich Hemingway sage, meine ich Perkins oder Bridges. Wenn ich FitzGerald sage, meine ich Compton MacKenzie oder Stephen St. Vincent Benet, das Weib der Poetin Eleanor Wylie. Wenn ich [gestrichen] sage, meine ich Pferdescheiße. Nichts davon ist auch nur im geringsten persönlich oder »gemein«. Nur Gerede vom guten alten großherzigen Hem. Heute Abend sind wir durch die Freundlichkeit des *Kansas City Star* und der dazugehörigen Zeitungen im Radio zu hören. Mann, das ist wirklich ein Kampf. Ich wünschte, Ihr alle könntet Tommy Heeneys linkes Auge sehen. Jetzt sind sie wieder dran.

Wo wirst Du Ende Okt. sein. Sollen wir uns nicht zusammen einen ansäuseln? Wie wär's mit einer kleinen gemischten Kotzerei, oder soll's ein »Herren«-Abend werden.

Schreib mir nach Piggott (Arkansas)
Ernest

freut mich, dass Du Dich mit den Murphys angefreundet hast. [Teilweise durchgestrichenes Postskriptum:] Ich wäre lieber ständig befreundet mit, sagen wir, Mike Ward, als nur hin und wieder mit dem heiligen Paulus oder anderen reichen und edlen Charakteren. Andererseits sind die [gestrichen] nicht der heilige Paulus, und Minneapolis sind sie auch nicht. Sie sind Figuren in einem Ballett. Einem sehr attraktiven Ballett. Bring das mal in der *Post*, Kind.

Dies ist durchgestrichen – der alte Hem spricht oder schreibt nie kritisch über seine Freunde, und sie sind meine Freunde …

AN SCOTT

An Bord des »Spirit of St. Louis«,
ca. 18. November 1928

Lieber Scott, liebe Zelda:
Der Zug ruckelt und wackelt und zuckelt (kippt aber nicht um).

Es war herrlich bei Euch[4] – Ihr wart beide großartig –, tut mir leid, dass ich, wie soll ich sagen, so lästig gefallen bin, um rechtzeitig den Zug zu erreichen – wir waren viel zu früh da – als Ihr in den Fängen des Polypen wart, habe ich vom Bahnsteig aus angerufen und erklärt, Du seist ein großer Schriftsteller – der Polyp war sehr nett –. Er sagte, Du hättest auch gesagt, ich sei ein großer Schriftsteller, aber er hätte noch nie was von uns beiden gehört. Ich erzählte ihm schnell die Handlung von einigen Deiner bekannteren Geschichten – er sagte – wörtlich – »Er kommt mir vor wie ein toller Hecht« – so reden Polypen – und nicht, wie sie in [Morley] Callaghans Werken reden.

Wir hatten jedenfalls eine tolle Zeit, und *Ellersley Mansion* ist der verrückteste, schönste Kasten, den ich je gesehen habe – Pauline lässt grüßen.

Ernest

Ich schreib Euch unsere Adressen in Key West, sobald wir sie wissen – Piggott, Ark., kommt immer bei uns an.

Scott und Zelda Fitzgerald mit Scottie,
Ende der zwanziger Jahre.

AN SCOTT

Oak Park, Illinois, ca. 9. Dezember 1928

Lieber Scott:
Du warst verdammt gut und auch verflucht erfolgreich, dass Du mir das Geld besorgt hast – ich hatte wie ein Idiot nur noch 35 bis 40 Eier bei mir nach den Weihnachtseinkäufen – gerade ausreichend für Essen und Trinkgelder unterwegs nach Key West.[5]

Mein Vater hat sich, wie Du vermutlich in den Zeitungen gelesen hast, erschossen. Werde Dir die hundert Dollar schicken, sobald ich in Key West bin – oder ich bitte Max Perkins, sie Dir zu schicken –

Nochmals tausend Dank für Deine äußerst bewundernswerte *Leistung*, wie wir in der Autobranche sagen.

Ich habe meinen Vater ungeheuer gemocht und fühle mich zu elend – und auch krank usw.–, um einen Brief zu schreiben, aber danken wollte ich Dir.

Beste Grüße an Zelda und Scotty –

Immer Dein Ernest

AN ERNEST

28. Dezember 1928

Lieber Ernest,
Dein Kummer tut mir wirklich schrecklich leid. Ich schätze, die Eltern zu verlieren, passiert einem unweigerlich in den Dreißigern. Immer, wenn ich jetzt meinen Vater sehe, denke ich, es ist das letzte Mal.

Richte bitte Pauline unseren Dank für die wunderschöne Weihnachtskarte aus. Es war großartig, Euch beide hier zu haben – und das, obwohl ich immer wieder besinnungslos war.

Ich sende Dir hier etwas, was Du vielleicht noch nicht gesehen hast[6] – wirklich ein netter Anlass, Mencken die Fresse zu polieren. Habe die Murphys für eine Stunde in New York gesehen. Werden dann am 1ten März in See stechen + ich hoffe, dass ich meinen Roman dann beisammen habe (im Vertrauen – werde die Überfahrt überhaupt nur antreten, wenn ich sicher sein kann –, werde nicht gehen, solange der Roman noch nicht beendet ist). Ring meinte, Du wärest wohlauf, er war ganz uncharakteristisch euphorisch.

Ich bin gelangweilt + irgendwie deprimiert heute Abend, deshalb werde ich jetzt nicht mehr fortfahren. Oh, jawohl, habe den alten H. Stearns kurz vor der Abreise aus Paris getroffen. Und weil ich mich betrunken und gewissermaßen wie Christus fühlte, habe ich ihm einen Titel vorgeschlagen: *Warum ich vorhabe, weiterhin in Paris arm zu sein*. Habe ihm gesagt, er soll das als eine Art zwangloses Schreiben an mich verfassen, und ich würde es dann verkaufen. Und in einem Energieschub hat er das dann tatsächlich gemacht. Ich habe es an Max geschickt, und der stellte mir einen Scheck für $100 aus. Harold schreibt mir nun, $100 wären nicht besonders viel (aber um ehrlich zu sein, ist es auch nicht gerade viel von einem Brief). Er stellt jetzt eine derart enorme Unzufriedenheit zur Schau, dass ich denke, er denkt, ich unterschlage ihm etwas. Man muss aufpassen, wem man einen Gefallen tut – binnen eines Jahres wird Dir höchstwahrscheinlich zu Ohren kommen, dass das, was ihn langsam, aber sicher zu Grunde gerichtet hat, nichts anderes war, als mein gewissenloser Diebstahl seines Honorars. Spenglers zweiter Band [von *Der Untergang des Abendlandes*] ist fabelhaft. Nichts sonst ist annähernd so gut. Wann wirst Du mich davon erlösen, Deine Sachen auswendig zu lernen, weil ich sie zu oft gelesen habe, und endlich etwas Neues fertig schreiben? Denk dran, Proust ist tot.

In großem Futterneid von
Kumpan and Klatschtante Scott

1929

AN ERNEST

Juni 1929,
Paris[1]

Die Seiten 114 – 121 sind langatmig und müssen gekürzt werden.[2] Sie haben nicht die Intensität anderer kurzer Porträts in diesem Buch oder Deinen anderen Büchern. Die Charaktere sind zu zahlreich + viel zu sehr auf Gags ausgerichtet. Bitte streichen! Es gibt absolut keine psychologische Rechtfertigung, diese Sänger einzuführen – es ist nicht einmal skurril –, würde er ihnen Schwierigkeiten machen und als Konsequenz dessen aus dem Krankenhaus geschmissen werden, wäre es okay. Oder reduziere es wenigstens auf eine scharfe + für sich stehende Bleistiftskizze. So ist es eher geschwätzig, wie ich finde.

Dein Engländer auf dem Angelausflug in *Fiesta* zum Beispiel trägt viel dazu bei, die Anspannung hinsichtlich des langen Wartens auf Brett darzulegen.

Es scheint hier aber, als hättest Du diese Episode geschrieben, um Dein Bild von Mailand während des Krieges abzurunden – allerdings in einem Deiner weniger inspirierten Momente.

(Sind die Kroaten nicht orthodoxe Griechen?[3] Oder gehören einer byzantinischen christlichen Sekte an? Sicher sind sie nicht vorwiegend Mohammedaner + Du kannst nicht rundheraus sagen, sie seien keine Christen.)

Seite 122 etc.[4]

In *Katze im Regen* + dieser Geschichte mit: »Das ist alles, was wir tun, nicht? Also lass uns gehen und ein paar neue Drinks ausprobieren!«[5] – da hast Du den Frauen wirklich zugehört. Aber hier hörst Du nur Dir selbst zu, Deinem eigenen Verstand, der auf oberflächliche Weise abspult, was vielleicht Sinn ergibt, aber nicht wirklich interessant ist. Und, Ernest, ich kann das nicht mal als eine literarische Fingerübung akzeptieren. Es scheint mir, das alles müsste sorgfältig gekürzt werden, sogar neu geschrieben.

Das Café du Dôme am Montparnasse, Paris, 1929.

(Unsere arme alte Freundschaft wird das kaum überleben, aber was lässt sich tun? Besser ich sage Dir das als irgend so ein Niemand von der Literaturkritik, der sich weder um Dich noch um Deine Zukunft sorgt.)

Seite 124 und folgende[6]:

Das alles ist definitiv abgeschmackt. Von mir aus kann man behaupten, es verfolge einen Zweck + ein Roman wird niemals die Dichte einer Kurzgeschichte erreichen. Aber das sollte er an dieser Stelle! Diese Szene, so wie sie hier steht, ist für mich eine Schande.

Später war ich erstaunt, als ich feststellte, dass sie nur aus ungefähr 750 Wörtern besteht. Was nur die Geschwindigkeit aufzeigt, in die Du zu diesem Zeitpunkt verfallen bist. Es ist abgeschmackt, weil der Krieg jede Minute immer weiter und weiter in die Ferne und schließlich ganz aus der Sicht rückt, und »So war es nun mal!« ist keine Antwort darauf – dieser triumphale Beweis, dass die Rennen manipuliert wurden!

Ich würde es als einen 400-Wörter-Anfang vor Kapitel 21 setzen.

Noch später – für sich genommen hat es vielleicht seine Reize, aber eingebettet in den Roman denke ich immer noch, es ist abgeschmackt + zu lang.

Ein letztes schwaches Echo des Krieges für mich ist, wenn Catherine stirbt und er im Café hockt und Bier trinkt.

Schau im Hinblick auf Kürzungen noch mal die Schweiz-Sachen durch (d.h. die erste mit 129 bezifferte Seite).[7]

Seite 129 (die zweite) Das hier ist eine großartige Szene – Dein Humor einfach dargebracht als ein Teil von Dir und nicht als so ein angestrengtes Ärmelhochkrempeln und Meisterschaft-erringen-Wollen wie auf den Seiten 114–121.

Seite 130[8] – das ist eine Komödienszene, wird allerdings insofern anstößig, als dass Du jeden zuerst lange darauf trainiert hast, auf jedes einzelne Deiner Wörter zu achten, und dann setzt Du ihnen allen ein Dutzend Mal das Wort *gearscht* vor (+ gefickt wäre genauso schlimm). Nach dem 5ten Mal hört es auf, amüsant zu sein, weil es einfach zu häufig vorkommt + trotzdem hat die Szene Potenzial. Lass es mit fünf oder sechs Mal gearscht gut sein. Es könnte so vielleicht eine ähnliche Melodie bekommen wie das Wort »wops« in einem Deiner früheren Bücher. Du bist hier ein wenig von Dir selbst hypnotisiert.

Seite 133–138[9] – Das könnte ein paar ordentliche Kürzungen vertragen. Manchmal nehmen diese Gespräche mit ihr so eine naive Form an, mit der Du in keinem Buch von einem anderen Autor einverstanden wärst. Hast Du Noel Coward gelesen?

Einiges davon ist wundervoll – über die 1000 Tode etc. Könntest Du es nicht ein bisschen kürzen?

Seite 134[10]
Vergiss nicht, dass die tapfere, unverheiratete, angehende Mutter eine alte Grundsituation ist + schon von allen möglichen Leuten ausgeschlachtet wurde, deren Arbeit zu lesen Du Dich niemals herablassen würdest – darum sei sicher, dass jede Zeile etwas Neues in sich birgt + den Anspruch hat, eine echte und inspirierte Wahrheit zu verkünden, ansonsten werden Dich die Jungs mit Hohn und Spott überziehen.

Übrigens – dieser Pistolenkauf[11] ist eine wunderbare Szene!

Catherine ist zu zungenfertig, spricht zu viel in wörtlicher Rede. Wenn Du daran gehst, ihrer beider Dialoge zu kürzen, dann streiche lieber ihre Ausführungen als seine. Sie ist zu wortgewandt – ich meine, ihn betrachtest Du auf eine differenzierte Weise – ganz so, wie Du ihn von heute aus gesehen in der Rückschau wahrnimmst. Sie dagegen betrachtest Du immer noch so, wie Du sie damals mit den Augen eines 19-Jährigen gesehen hast. Was zwangsläufig bedeutet, dass, wenn Du sie nicht ein bisschen einfältiger, unbedachter zeichnest, der Kontrast zum Himmel schreit – entweder der Autor ist ein einfacher Geist oder sie, Eleanora Duse in der Rolle einer Rotkreuzschwester. Einmal traust Du ihr zu, die 2te Schlacht an der Marne vorherzusehen – wie Du es wahrscheinlich damals wirklich getan hast. Wo ist dieses tieftraurige, halbkindliche Lass-mich-nicht-darüber-nachdenken-Freiwilligenhilfsdienst-Gefühl geblieben, von dem Du mir einmal erzählt hast? Es ist da – hier im Text –, aber Du musst es herausschälen. Versuch ihr keinen höheren Sinn zu geben, sie hatte wahrscheinlich keinen!

Das Buch enthält übrigens zwischen 80 000 und 100 000 Worte – nicht 160 000, wie Du gedacht hast.

Seite 241 [12] – Das ist eine der besten Seiten, die Du jemals geschrieben hast, denke ich.

Seite 209 – 219 [13] – Ich denke, wenn Du hier das Wort

Schwanzlutscher gebrauchst, wird das Buch zurückgehalten + zwei Tage nach der Veröffentlichung vom Markt genommen.

Dieser ganze Truppenrückzug ist fabelhaft, die Wirren etc.

Die Szene, die auf Seite 218 [14] beginnt, ist die beste in der gegenwärtigen Literatur.

Ich glaube, die Seiten 293 – 294[15] müssen gekürzt werden, aber vielleicht nicht vollständig.

Warum lässt Du das Buch nicht mit dem tollen Absatz von Seite 241[16] enden? Er ist der eloquenteste im ganzen Buch + könnte alles auch zu einem freundlicheren Ende führen + einem guten.
Ein wunderschönes Buch ist es!

[Mit Bleistift hinzugefügter Vermerk Ernest Hemingways]

Leck mich am Arsch

EH

AN SCOTT

Madrid, 4. September 1929

Lieber Scott:
Was diese »nervöse Verbitterung« betrifft: Du erinnerst Dich, wie ich explodiert bin, als diese Leute, während ich arbeitete, hereingekommen sind, um die Wohnung zu besichtigen. (Ich habe für eine Zusage, dass ich sie ständig haben könnte, 3000 Dollar bezahlt und sie für unser Zuhause gehalten), aber Du hast anscheinend vollkommen vergessen, wie ich am nächsten Tag bei Dir vorbeigekommen bin, um Dir zu sagen, dass ich Ruth Goldbeck Vallambrosa für ein nettes Mädchen halte und sie immer bewundert habe, und wie ich Dich gebeten habe, sie um Himmels willen nie wissen zu lassen, dass ich über die Wohnung geflucht habe. *Sie* hätte keine Ahnung, dass ich sauer sei, und sie könnte es nur Durch dich herausfinden. Du sagtest, Du hättest vollstes Verständnis, und um mich nicht

in Verlegenheit zu bringen, würdest Du es ihr gegenüber nie erwähnen.

Freut mich ungeheuer, dass es gut bei Dir läuft. Es besteht kaum eine Möglichkeit, dass wir an die Riviera kommen. Es war davon die Rede, dass Gerald und Sara [Murphy] hierherkämen und wir mit ihnen zurückführen, aber gestern kam ein Telegramm von Gerald, dass Sara mit Patrick ins Gebirge hätte fahren müssen, ein Brief soll folgen. Habe den Brief bis jetzt noch nicht, glaube aber, ihre Spanienreise fällt ins Wasser. Hätte sie verdammt gern gesehen. Seit ich am 12. Juli aus Pamplona abgefahren bin, habe ich mit niemandem, außer mit Pauline, Englisch gesprochen. Hab's noch nicht mal gehört. Wenn sie nicht kommen, gehen wir wahrscheinlich in den Norden und besuchen Bumby und Pat. Bumby schreibt, das Angeln in der Bretagne sei gut.

Ich kann Dir gar nicht sagen, wie froh ich bin, dass Du das Buch fertig schreibst. Ist jetzt ja große Mode, alle Arbeit von sich zu weisen und es für das Tollste zu halten, elegant und teuer vor die Hunde zu gehen; und die armen Schweine tun das auch noch – geben ihre Schriftstellerei auf usw., um mit Leuten zu wetteifern, die nichts anderes können und nichts anderes tun als vor die Hunde zu gehen. Ich kann diese Jeremiade nicht beenden, ohne Freunde und Zeitgenossen zu erwähnen – es hört sich jedenfalls ziemlich schlimm an –, kann so einen Mist ohne Schreibmaschine nicht schreiben!

Das mag natürlich alles voreilig sein, und vielleicht beendest Du Dein Buch [*Zärtlich ist die Nacht*] ja gar nicht, sondern setzt mich bloß auf die Liste von Freunden, um begeisterte Zeugnisse zu bekommen –

Aber ich hoffe bei Gott, es stimmt. Soweit ich es gelesen habe, war es besser als alles, was ich kenne, außer der besten Stelle im *Gatsby*. Du weißt, welche ich meine.

Die guten Stellen eines Buchs können lediglich etwas sein,

was ein Schriftsteller durch Zufall gehört hat, oder sie können auch aus dem Ruin seines ganzen verdammten Lebens zustande kommen – und das eine ist so gut wie das andere.

Du könntest ein so verdammt gutes Buch schreiben. Was Dich aufgehalten hat und Dich mehr als alles andere verstopft hat, war diese Rezension von [Gilbert] Seldes im *Dial*. Danach fühltest Du Dich befangen und wusstest, dass Du ein Meisterwerk schreiben musstest. Nur Schwule können mit Vorbedacht Kleistermerke oder Meisterwerke schreiben – jeder andere kann nur so gut schreiben, wie er eben kann, nach der Methode: wenn das eine kein Meisterwerk geworden ist, wird vielleicht das nächste eins. Du hättest inzwischen zwei ungeheuer gute Bücher geschrieben, wenn diese Besprechung von Seldes nicht gewesen wäre.

Natürlich gibt es weiß Gott auch noch andere Schwierigkeiten, aber die macht man sich selber. Die werden einem nicht zugefügt, wie etwa den Saft dafür zu verbrauchen, für die *Post* zu schreiben, und mit dem Bodensatz zu versuchen, Meisterwerke zu schreiben. Aber wenn Du jetzt den Saft dazu nutzt und wenn Du verzweifelt genug bist, zu wissen, dass Du eins schreiben musst, Seldes hin, Seldes her, dann wirst Du ein verdammt feines Buch schreiben.

Dies sollte reichen von Jeremiah Hemingstein, dem großen jüdischen Propheten.

Neuigkeiten gefällig? Dos hat geheiratet. Und wenn Du mir einen guten und nicht arroganten Brief schreibst, in dem nichts über meine nervöse Verbitterung steht, werde ich antworten und Dir sagen, wen er geheiratet hat und alles Weitere.

Beim nochmaligen Lesen Deines Briefes finde ich, er *ist kein bisschen arrogant*. Und der alte Hem lag mal wieder daneben. Eindeutig ein Opfer seiner nervösen Verbitterung! (Nicht sarkastisch gemeint.) Aber wenn ich diesen Brief nicht abschicke, werde ich nie einen abschicken, also streiche die Verbitterung da heraus (ein Schweinehund, wenn ich sie empfinde!) und schreib mir c/o Guaranty, wenn Du mal nicht zu müde vom Schreiben bist. Ich weiß, wie verdammt anstrengend es ist, und es freut mich mehr, als ich Dir je sagen kann, dass es ordentlich läuft –

Mit lieben Grüßen Dein
Ernest

Unsere besten Grüße an Zelda und Scotty. Werdet Ihr in Cannes bleiben? Wie lange? Komme vielleicht später runter, wenn Du Dein Buch fertig hast. Max [Perkins] ist in Ordnung. Er würde nie jemanden im Stich lassen, und ich mache mir seinetwegen keine Sorgen.

AN ERNEST

9. September 1929,
Villa Fleur de Bois,
Cannes

Lieber Ernest:
ich bin froh, dass Du meinen Brief nicht arrogant fandest – er war bloß in Eile hingeschrieben. (Übrigens dachte ich, Du wolltest schon, dass ich mit Ruth G.[17] spreche – sofern es sich auf natürliche Weise ergibt –, ich habe ihr gegenüber nur erwähnt, dass Du enttäuscht bist, wenn Du das Appartement verlierst – kein Wort darüber, dass Du außer Dich geraten bist.) Aber genug von diesen ziemlich trostlosen Geschehnissen – lass uns zu den wirklich trostlosen übergehen. Vorher lass mich Dir aber noch von Perkins sagen, dass Dein letztes Buch ganz wie die Pickwicker jetzt schon – noch in Form der Fortsetzungsgeschichte – zu einem Klassiker geworden ist. Alles sieht strahlend für dieses Buch aus, und ich beneide Dich höllisch,

aber mir ist es lieber, Dir widerfährt dergleichen als irgendjemandem sonst.

Habe gerade ein weiteres Kapitel zum Abtippen gegeben + es hat mich in einer schrecklich depressiven Stimmung zurückgelassen, ob es denn etwas taugt oder nicht. In den 2½ Monaten, in denen ich hier bin, habe ich 20 000 Wörter davon geschrieben + eine Kurzgeschichte, die für mich prächtig ist im Hinblick auf die letzten Jahre. Ich habe dafür mit der üblichen nervösen Stimmungslage bezahlt und mit einem derartigen Trinkverhalten, das sogar der heruntergekommenste Saufbruder verteufeln würde. Meine neueste Angewohnheit ist es, bereits um 11 Uhr zusammenzubrechen. Und zwar mit Tränen, die mir aus den Augen strömen oder vielleicht auch dem Gin, der bis auf ihre Höhe in meinem Kopf steigt, um dann hervorzuquellen + sag interessierten Bekannten ruhig, dass ich keinen einzigen Freund auf der Welt habe und mich dementsprechend auch um niemanden schere. Das betrifft im Allgemeinen auch Zelda und häufig meine gegenwärtigen Bekanntschaften. Insbesondere, da die gegenwärtigen Bekanntschaften ohnehin momentan dazu neigen, weniger und weniger gegenwärtig zu sein und ich mich beim Aufwachen in seltsamen Räumen in seltsamen Palästen wiederfinde. Die übrige Zeit verbringe ich allein, um zu arbeiten oder es wenigstens zu versuchen oder damit, herumzugrübeln oder Detektivgeschichten zu lesen – und dabei einzusehen, dass jemand in meiner geistigen Verfassung, der zudem noch niemals in der Lage war, seinen Mund zu halten, eine armselige Gesellschaft bedeutet. Aber wenn ich besoffen bin, lasse ich sie alle bluten und bluten und bluten.

Zu diesen Menschen zähle ich auch Dotty Parker. Natürlich hat sie keine Geduld mit mir, weil sie sich in einem ähnlichen Zustand befunden hat. (Das ist nicht hochnäsig – niemand will einen Menschen sehen, der von Stimmungen tiefer Verzweiflung geplagt wird, die man selbst nur mit Mühe überlebt hat.) Übrigens haben die Murphys einiges aufgeboten und sich diesen Sommer über ausgiebig um sie gekümmert, und ich denke, dass sie – obwohl sie das niemals zugeben würde, die Zeit ihres Lebens hatte.

Am 1ten Oktober kommen wir für zwei Monate nach Paris.

Deine Analyse hinsichtlich meiner Unfähigkeit, eine seriöse Arbeit hinzubekommen, fällt zu liebenswürdig aus, indem sie meine Genusssucht ausspart, aber vielleicht ist es auch schicksalsbedingt, dass mir die fünf Jahre 1919 – 1924, zwischen dem Abschied aus der Armee und der Fertigstellung von Gatsby, in denen ich noch 3 weitere Romane, ungefähr 50 populäre Kurzgeschichten + ein Theaterstück + zahlreiche Artikel + Filme geschrieben habe, abverlangt haben, in einem viel zu frühen Stadium alles zu sagen, was zu sagen war. Hinzu kommt noch, dass wir die ganze Zeit über in der höchsten Geschwindigkeit immer auf die freudvollste Welt zusteuerten, die zu finden war. Dieses ist, au fond, worüber ich mich wirklich ärgere – obwohl der Ärger vielleicht aus meiner Unfähigkeit erwächst, etwas ruhen zu lassen, was einmal begonnen wurde. Ich habe nun 2 Monate an einer Kurzgeschichte gearbeitet, die dazu bestimmt war, nach ihrer Fertigstellung zerfetzt zu werden. Vielleicht wird das Haus über diese meine Nachricht in Flammen aufgehen. Und vorzugsweise ich darin ebenfalls.

Immer Dein stinkender alter Freund

Scott

Ich habe mitnichten das Recht, Dir diesen trübseligen Brief zu schicken. Ehrlich – gäbe es nicht die ein oder andere Sache, die mir Freude macht, hätte ich ihn nicht schreiben können. Hier ist ein letztes Aufglimmen des alten billigen Stolzes: die Post bezahlt der alten Hure jetzt $ 4000. Ein guter Fick. Hauptsächlich deshalb, weil sie jetzt die 40 Positionen beherrscht. In ihrer Jugend war eine einzige bereits genug.

AN SCOTT

Hendaye, Frankreich,
13. September 1929

Lieber Scott:
Diese schreckliche Stimmung, diese bange Frage, ob es gut ist oder nicht, das ist bekannt, bekannt als der Lohn des Künstlers.

Ich möchte wetten, dass es verdammt gut ist – und wenn Du in dieses heulende Elend gerätst und anfängst, jedem zu erzählen, dass Du keine Freunde hättest, dann korrigiere das, um Himmels willen – es wird traurig genug sein –, wenn du sagst, keine Freunde außer Ernest, dem ekligen Serienkönig. Du bist nicht ausgebrannt, und Du verstehst es, eine Menge zu nutzen – wenn Du meinst, Dir geht der Stoff aus, dann verlass Dich auf den alten Hem – ich werde Dir alles sagen, was ich weiß – wer mit wem geschlafen hat, und wer vorher oder nachher wen geheiratet hat – Alles, was du wissen musst –

Der Sommer ist eine entmutigende Zeit zum Arbeiten – man fühlt den Tod nicht nahen wie im Herbst, wenn die Jungs tatsächlich die Feder aufs Papier setzen.

Jeder verliert seinen Flaum – wir sind schließlich keine Pfirsiche – das heißt nicht, dass man verfault – ein Gewehr ist besser, wenn es abgenutzt und ohne Flaum ist – ebenso ein Sattel – und Menschen auch, bei Gott. Man verliert die Frische und die Leichtigkeit, und es kommt einem immer so vor, als ob man nie schreiben könnte – Aber man besitzt mehr handwerkliches Können, und man weiß mehr, und wenn einem der alte Saft noch einmal hochsteigt, kann man ihn besser verwerten.

Denk doch dran, wie es am Anfang ist – da steckt der Schriftsteller voller Saft und Kraft und kann dem Leser doch nichts vermitteln – man verbraucht den Saft, und die Kraft schwindet, aber dafür lernt man, wie man es macht, und die Sachen sind, wenn man nicht mehr jung ist, besser als das unerfahrene Zeug –

Man muss einfach weitergehen, wenn es am schlimmsten und ausweglosesten ist – bei einem Roman gibt es nur eins: Man muss geradewegs durchstapfen, bis das verdammte Ding zu Ende ist. Ich wollte, Deine wirtschaftliche Existenz hinge mehr von diesem Roman oder von Romanen überhaupt ab und nicht von diesen verfluchten Erzählungen, denn das ist etwas, was einen antreibt und einem ein Ventil und eine Rechtfertigung verschafft – diese verfluchten Erzählungen.

Zum Teufel. Du hast mehr Material als jeder andere, und Du kümmerst Dich auch mehr darum; halt also jetzt um Gottes willen durch und bring es zu Ende, und schreib bitte nichts anderes, bis es fertig ist. Es wird gut sein, verdammt gut –

(Der Preis einer alten Hure wird nie erhöht – und wenn sie 850 Stellungen kennt – ihr Preis wird trotzdem gedrückt – Du bist also entweder nicht alt oder keine Hure oder beides.) Die Erzählungen sind keine Hurerei, sie zeugen nur von schlechtem Urteilsvermögen – Du könntest mit dem Schreiben von Romanen genug haben und genug zum Leben verdienen. Du verdammter Narr. Also mach schon, schreib den Roman.

Von Madrid bis hierher haben wir einen Tag gebraucht – Hendaye-Plage – Haben unseren bekannten Zeitgenossen L. Bromfield gesehen. Gehen nach Paris – Hast Du von Max [Perkins] gehört, ob das *Andere Land* raus ist? Bekam von Brommy [Bromfield] einen Stapel Literaturzeitschriften, alle voll von großen deutschen Kriegsbüchern – Es war komisch, dass ich zuerst nicht in [Remarques] *Im Westen* usw. reinkommen konnte, aber als ich einmal drin war, fand ich es ungeheuer gut – nicht so großartig, wie sie glauben – aber sehr gut – L. Bromfield schreibt ein Kriegsbuch. Vielleicht ist es Pech, dass meins jetzt herauskommt, nach all diesen, und dass ich keine Gelegenheit hatte, beim Schreiben von ihnen zu profitieren. In circa 2–3 Jahren sollte man in der Lage sein, ein ziemlich gutes Kriegsbuch zu schreiben.

Der alte Dos hat Kate Smith geheiratet – sie ist mit Pauline zur Schule (keine Klosterschule) gegangen – Er hat sie letzten Winter unten in Key West kennengelernt – Sie ist ein äußerst nettes Mädchen.

Wir haben Briefe von Gerald und Sara bekommen. Verdammt bedauerlich, dass ihr Patrick so krank ist – Aber ich denke, er wird schon wieder werden –

Schöner Tag heute – Wasser angenehm zum Schwimmen, und die Sonne die letzte des Sommers –

Wenn das ein dämlicher beschissener Brief ist, dann nur, weil es mir so leid tut, dass Du so niedergeschlagen bist – ich mag Dich so ungeheuer, und immer wenn man versucht, irgendwem irgendwas über die Arbeit oder »das Leben« zu erzählen, kommen bloß dumme Plattitüden dabei heraus – Pauline lässt Dich, Zelda und Scotty grüßen –

Immer Dein–

Ernest

AN SCOTT

Paris, ca. 24. oder 31. Oktober 1929

Lieber Scott:
Eben kam Dein Brief, und ich nutze einen ordentlichen Kater, um ihn zu beantworten.

Ich war über nichts von dem, was Du gesagt hast, verärgert (Du weißt doch inzwischen sehr gut, hab es oft genug geschrieben, wie sehr ich Deine Arbeit bewundere). Geärgert habe ich mich nur über Deine Weigerung, das aufrichtige Kompliment anzunehmen, das G. Stein dir gemacht hat, und über Deinen Versuch, es in eine abschätzige Bemerkung zu verdrehen. Sie hat Dich mir gegenüber ganz unwahrscheinlich gelobt, und als Du dazukamst, fing sie an, es zu wiederholen, und dann am Ende des Lobgesangs sagte sie, um Dir einen roten Kopf zu ersparen und mich nicht vor denselben zu stoßen, dass unsere Flammen (sic) vielleicht nicht dieselben seien – und darüber brütest Du dann nach –

Du brauchst ja Komplimente nicht zu akzeptieren, wenn Du es nicht willst (die meisten Komplimente sind Pferdescheiße), aber ich muss wohl nicht wiederholen, dass das Komplimente und keine Kränkungen waren. Ich bekreuzige mich und schwöre bei Gott, dass Gertrude Stein weder gestern Abend noch sonstwann mir gegenüber irgendetwas anderes als höchstes Lob über Dich geäußert hat. Das ist die reine Wahrheit. Die Tatsache, dass Du dem keinen Wert beimisst oder es nicht akzeptierst, macht es nicht weniger wahr.

Was den Vergleich unserer Art zu schreiben angeht – so hat sie nichts dergleichen gesagt – sondern nur, Dein Talent sei wie ein unwahrscheinlich brüllender Hochofen, während meines nur ein kleiner sei, was besagen sollte, dass ich hundertmal härter arbeiten muss, um Vergleichbares zu produzieren – und um Dich nicht geradeheraus zu loben und mich fertig zu machen, sagte sie dann, damit sage sie nicht, dass die Flamme von derselben Qualität wäre. Wenn Du sie bedrängt hättest, würde sie Dir auf eine direkte Frage geantwortet haben, dass sie Deine für besser halte als meine.

Natürlich stimme ich dem nicht zu – noch weniger als Du –, weil Vergleiche zwischen nicht existierenden Dingen wie hypothetischen »Flammen« die reinste Pferdescheiße sind – und jeder Vergleich zwischen Dir und mir ebenfalls Mist – wir haben an völlig verschiedenen Fronten angefangen – hätten uns, außer durch Zufall, nie kennengelernt, und als Schriftsteller haben wir nichts gemein außer dem Verlangen, gut zu schreiben. Wozu also Vergleiche anstellen und von Überlegenheit sprechen – wenn Du mir gegenüber unbedingt ein Gefühl der Überlegenheit haben musst, schön und gut, solange ich mich Dir gegenüber weder über- noch unterlegen fühlen muss – So was kann es unter ernsthaften Schriftstellern gar nicht geben – Sie sitzen alle im selben Boot. Ein Konkurrenzkampf innerhalb dieses Bootes – das auf den Tod zufährt – ist etwas genauso Albernes wie Sport an Deck treiben – Der einzige Wettstreit ist der, das Boot überhaupt zu erreichen, und der findet ganz in einem selber statt. Du bist auf dem Boot, aber Du wirst empfindlich, weil Du Deinen Roman noch nicht beendet hast – das ist alles – ich habe Verständnis dafür, und Du könntest noch viel empfindlicher sein, und es würde mir nichts ausmachen.

Es ist ein verfluchter Mist, so was mit verdorbenem Magen im Bett zu schreiben, wenn es dir gelingen sollte, irgendwelche Vorwürfe, Kränkungen, Missbilligungen oder Beleidigungen darin zu finden, war der Vormittag vergeudet (ist er sowieso). Gertrude wollte ein Rennen zwischen Hase und Schildkröte veranstalten und nahm mich als Schildkröte und Dich als Hasen, und Du wolltest natürlich, als bescheidener Mann und Klassiker, die Schildkröte sein – in Ordnung, Schildkröte, ganz wie Du willst – ist sowieso alles Quatsch –

Ich mag es, wenn Gertrude mich runterputzt, weil das meine Selbsteinschätzung unten hält – weit unten – Sie sagte, ihr gefiele das Buch sehr – Ich wollte aber hören, was ihr daran nicht gefiele und warum – Sie meinte, die misslungenen Teile seien die, wo ich mich mehr visuell erinnere, als mir etwas auszudenken – Das war nicht besonders neu – Ich erwartete zu hören, es sei alles Mist – das wäre mir lieber, weil es so ein prima Ansporn zum Arbeiten ist.

Jedenfalls haben wir jetzt Seite 4 – Werde den Brief von Max beilegen –

Tut mir sehr leid, dass Bromfield dieses Gerücht in die Welt gesetzt hat, aber es kann *Scribner's* nichts anhaben, solange ich es Lügen strafe und bei ihnen bleibe – ich werde ihm mit Vergnügen einen Brief schreiben, den er veröffentlichen kann, wenn er will –

Sieh Dir an, was das alles für ein Mist ist – schlicht gesagt, habe ich das Schreiben von Dir gelernt – in *Town and Country* von Joyce – in der *Chic Trib* von Gertrude – wobei ich die Autoritäten Dos Passos, Pound, Homer, McAlmon, Aldous Huxley und E. E. Cummings ganz außer Acht lasse – und dann meinst Du, ich sollte mir keine Sorgen machen, wenn jemand sagt, ich besäße keine Vitalität – ich mache mir keine Sorgen – Wer in Paris besitzt Vitalität? Die Leute schreiben nicht mit Vitalität – sie schreiben mit ihren Köpfen – Wenn ich gut in Form bin, habe ich keine Lust zu schreiben – dann fühle ich mich zu gut! G. S. ist nie mit uns nach Schruns oder Key West oder Wyoming oder sonst wo hin gefahren, wo man in Form kommt – Wenn sie mich niemals in Form gesehen hat – Wozu mich aufregen? Wenn man Dich runterputzt, lass Dich von den Hieben antreiben –

Na ja, werde nichts mehr davon schreiben – tut mir leid, dass Du beunruhigt warst – Du warst nicht unfreundlich

Mit lieben Grüßen Dein

Ernest

AN SCOTT

Paris, 12. Dezember 1929

Lieber Scott:
Dein Brief kam erst gestern Abend – er wurde auf der Bank aufgehalten.

Ich weiß, Du bist die Ehre in Person. Das meine ich wirklich. Wie Du Dich erinnern wirst, habe ich wegen Deiner Zeitnehmerei erst Krach geschlagen, als Du mir auf meine Einwendungen hin etwa viermal sagtest, dass Du Dich absichtlich mit mir streitest. Beim ersten Mal dachte ich, ich hätte Dich überzeugt. Du kamst darauf zurück, und Pauline und ich glaubten, wir hätten Dich wieder überzeugt. Sauer wurde ich erst beim vierten Mal, als ich erfahren hatte, dass McAlmon, dem ich ein Empfehlungsschreiben für Perkins gegeben hatte, Lügen über mich verbreitete, und Callaghan, dem ich stets zu helfen versucht hatte, mit grotesken Geschichten bei Dir aufkreuzte.

Du wirst Dich allerdings erinnern, dass ich Dich nicht, so sauer ich auch im Allgemeinen über alles gewesen bin, irgendeiner Zeitmanipuliererei beschuldigt habe; ich habe Dich lediglich gefragt, ob Du die Runde hast weiterlaufen lassen, um zu sehen, was passieren würde. Als Du sagtest, Du streitetest Dich absichtlich mit mir, war ich so entsetzt bei dem Gedanken, dass ich nicht mehr wusste, worauf ich mich eigentlich noch verlassen könnte (zumal ich gerade dieses gemeine Zeug von McA und C gehört hatte, was ich eigentlich viel früher hätte erfahren müssen, wenn ich es schon erfahren sollte und es schon so lange im Umlauf war, ohne dass es jemanden verärgerte).

Nebenbei, *wenn Du die Runde absichtlich hättest weiterlaufen lassen* – aber ich *weiß*, dass Du es nicht getan hast –, wäre ich nicht sauer gewesen. Ich wusste, dass die vereinbarte Zeit überzogen war. Das ist etwas, was normalerweise oft bei Amateurkämpfen gemacht wird. Wenn zwei Jungs sich richtig prügeln, gibt der Zeitnehmer ihnen zehn, fünfzehn oder dreißig Sekunden – manchmal sogar eine Minute zusätzlich, um zu sehen, wie es ausgeht. Du warst so aufgebracht, dass ich dachte, Du hättest es getan und bedauertest es. Aber in dem Moment, als Du sagtest, das hättest Du nicht, habe ich Dir aufs Wort geglaubt.

Du bist, sage ich, ein Mann von höchster Ehre. Ich bin das nicht, beim Boxen wenigstens nicht. Als ich mit Jean Prevost hier in Paris geboxt habe, schlug ich Bill Smith als Zeitnehmer vor. Ich war schlecht in Form und sagte Bill, er solle die Runden abbrechen (wir wollten 2-Minuten-Runden boxen), wenn er mich in Schwierigkeiten sähe. Eine der Runden war kaum 40 Sekunden lang! Prevost hat nur gedacht, die Zeit verginge schrecklich schnell. Wenn ich ihn dranhatte, ließ Bill die Runden 2 Minuten und mehr laufen.

Da ich also solche Dinge selber gemacht habe, kannst Du nicht von mir erwarten, dass ich meine Reflexe auf das, was mir passiert, unter Kontrolle habe. Aber Du kannst mir glauben, wenn ich Dir sage, dass ich diesen Gedanken sofort aufgab und, als wir nach Hause kamen, zu Pauline sagte, Du wärest eben vom Kampf fasziniert gewesen und hättest darüber völlig die Zeit vergessen.

Du erinnerst Dich sicher auch, dass ich dem Vorfall hinterher keine Bedeutung beigemessen habe, sondern eher amüsiert war. Ich weiß noch, wie ich es mit Vergnügen im *Deux Magots* erzählte und Morley lobte und ihm alle Achtung dafür zollte, dass er mich ganz schön herumgestoßen hatte. Ich dachte zu diesem Zeitpunkt, er wäre mein Freund. Erst als ich seine lügenhafte Prahlerei gelesen hatte, bin ich wütend geworden. Als ich dann einmal sauer war, war ich auch sauer auf Deine Unachtsamkeit, die ihm die Gelegenheit zu einer solchen Prahlerei gegeben hatte.

Ich hätte Dich nie so etwas gefragt, wenn Du mich nicht mit Deinem Gerede, dass Du Dich absichtlich mit mir strittest, fast zum Wahnsinn getrieben hättest.

Lass mich noch einmal wiederholen – ich habe Dich nicht im geringsten im Verdacht, unredlich gewesen zu sein –, ich glaube Dir und habe Dir auch damals aufs Wort geglaubt.

Ich weiß, wie viel Dir Dein Ehrgefühl wert ist, wie es das für jeden Mann ist, und ich würde Dich um nichts in der Welt darin verletzen wollen.

Sieh bitte auch als mildernden Umstand an, dass wir beide den Sport sehr verschieden betrachten – Du betrachtest ihn als Gentleman, und so sollte es auch sein. Aber sieh, wie es bei mir gewesen ist –

Bei einem der ersten Male, als ich boxte – gegen einen Burschen namens Morty Hellnick –, ließ ich am Ende der ersten Runde nach dem Gong die Hände sinken. In dem Moment, als ich die Hände runternahm, schlug er mir mit einem rechten Schwinger voll in die Magengrube. Nach dem Kampf war ich ungefähr eine Woche lang krank. Als ich das 2. Mal mit ihm boxte, gewann ich ohne Schwierigkeiten – er hätte den Kampf auf jeden Fall verloren – also foulte er mich absichtlich – ich hatte in meinem Leben noch nie solche Schmerzen – das eine Ei schwoll fast faustgroß an – So geht's nun mal beim Boxen zu – weißt Du – in sogenannten Freundschaftskämpfen – versucht man nie, den anderen k.o. zu schlagen – aber man weiß nie, ob der andere nicht versucht, einen k.o. zu schlagen – man wird durch und durch misstrauisch – Als ich mit einem Burschen im Gymnasium boxte, ließ er beim Nahkampf seine Daumen von den Handschuhen abstehen – ein Daumen erwischte mich am linken Auge, und ich war davon geblendet – Er hat in seinem Leben noch mindestens 4 andere Männer geblendet. Nie mit Absicht – war bloß ein Nebenprodukt seines miesen Tricks – ich erwähne das nur, um diesen Misstrauensreflex zu rechtfertigen, den ich nie auch nur für einen Moment zurückhalten kann.

Es war nur so, als Du mir allen meinen Argumenten und Erklärungen, wie sehr ich Dich mochte, zum Trotz sagtest, Du wolltest mit mir brechen usw. und hättest das Bedürfnis, mich als Mensch fertigzumachen usw., dass ich daraufhin in das verfluchte alte tierische Misstrauen zurückgefallen bin.

Aber ich entschuldige mich noch einmal bei Dir. Ich glaube Dir und habe Dir immer aufs Wort geglaubt, und, bei Gott, ich wünschte nur, Du würdest Dich nicht so mies fühlen, wenn Du trinkst. Ich weiß, das ist nicht besonders lustig, aber ich weiß auch, dass alles in Butter sein wird, wenn Dein Buch fertig ist …

Jedenfalls wünsche ich Dir alles erdenkliche Glück. Hast Du diesen Harry Crosby gekannt, der sich gest. erschossen hat? Er hat mir von dem Mädchen erzählt, bevor er nach N.Y. ging. Die Mac Leishs haben sie ihm vorgestellt. Er war ein phantastischer Junge, und ich fühle mich seinetwegen heute ziemlich mies. Vor zwei Wochen ist einer meiner besten Freunde gestorben, und der Teufel soll mich holen, wenn ich Dich wegen eines so dämlichen Zanks als Freund verlieren sollte. Dir immer das Beste – Dein Dich liebender Freund

Ernest

1931

AN SCOTT

Key West, 12. April 1931

Lieber Scott:
Es hat uns beiden furchtbar leid getan, dass es Zelda so scheußlich gegangen ist, und ich hätte schon längst geschrieben. Ich hoffe zu Gott, dass es ihr jetzt wieder besser geht, und Dir ebenfalls. Ich weiß, Du hast Schreckliches durchgemacht. Du hast unser tiefstes Mitgefühl.

Ich hatte, abgesehen von diesem Arm, eine verdammt schöne Zeit und war bis zu dem Unfall am 1. Nov. gut mit dem Buch vorangekommen – danach habe ich, bis vorige Woche, keine Zeile mehr geschrieben. Fühle mich jetzt ungeheuer gut in Form, um ordentlich weiterzumachen – der Nerv im Arm ist wieder nachgewachsen und die Lähmung völlig verschwunden.

Wir kommen im Mai rüber. Ich werde den ganzen Sommer in Spanien arbeiten und das Buch [*Tod am Nachmittag*] zu Ende schreiben; freue mich ungeheuer darauf, Dich zu sehen. Wenn Du noch in der Schweiz bist, werde ich im Herbst dort hinfahren und Dich besuchen. Wir könnten mal wieder so eine Autofahrt oben ohne machen. Ich bin über Arland [Michael Arien] oder sonst wen von den Jungs nicht mehr auf dem Laufenden, und Du könntest mir eine kultivierte Übersicht geben, was die Typen so getan haben. Meine Spione in N.Y. berichten, Du wärest ein gesetzter, mutiger und ernster Bürger geworden. Das kommt mir alles wie Pferdescheiße vor, habe deshalb den Lohn meiner Spione gekürzt. Grüße John Bishop von mir, wenn Du ihn siehst oder ihm schreibst. Ich würde ihm selbst schreiben, kann aber nur 400 Wörter oder so schreiben, dann wird mein Arm wieder lahm; und diese 400 Wörter oder so setze ich dazu ein, unsere nationale Schuld bei Max zu verkleinern – werde ihm trotzdem schreiben – der Arm wird schnell gesund.

Bist Du Kommunist geworden wie Bunny [Edmund] Wilson? 1919-20-21, als wir alle bezahlte Kommunisten waren, haben Bunny und all die Jungs das für völligen Mist gehalten – was es ja auch wirklich war –, aber vermutlich muss jeder früher oder später irgendeine politische oder religiöse Glaubensphase durchmachen. Ich selber ziehe es vor, so was früher durchzumachen und die Enttäuschungen hinter mich zu bringen, statt sie vor mir zu haben.

Ah, Fitz, wir sind doch tiefsinnige Burschen – wir Wortfritzen.

Anbei ein ganz aktuelles Passbild mit den neuen Veränderungen meiner Visage, verursacht durch mangelnde Reitkunst im letzten Sommer.

Wie immer die besten Grüße an Zelda. Sag ihr, sie soll wegen des Tanzens nicht allzu traurig sein. Sie hat irgendwie zu spät damit angefangen. Damit muss man, wie mit dem Stierkampf, mit 6 anfangen, wenn man gut darin werden will. Sie wird doch nicht, wo sie so spät damit angefangen hat, noch der Sidney Franklin des Balletts werden wollen? Du kennst uns Wortkrämer, Fitz – allzeit bereit, anderen tröstenden Rat zu geben, während wir mit der anderen Hand in unseren eigenen Sorgen herumstochern.

Bei Gott, meine einzige Sorge zur Zeit ist, dass ich Feder und Tinte habe (Bleistift O.K.), und Papier und 3 Mon. frei zum Schreiben. Nehme aber an, die Sorgen werden noch nachgeliefert.

Bis dann, Scott; unsere besten Grüße an Euch beide.
Ernest (der Mann, der
Curro Carillo entdeckte)

Wie schreibt unser Exmatrose?

Tut mir leid, dass Du in einer so traurigen Angelegenheit in die USA fahren musstest. Hoffe, Deinen Bericht davon eher zwischen Buchdeckeln als in der *Post* zu lesen. Denk daran, wir Schriftsteller haben nur einen Vater und eine Mutter zum Sterben. Aber lass so ein schönes Material nicht einfach fahren.

1934

AN ERNEST

10. Mai 1934,
1307 Park Avenue,
Baltimore, Maryland

Lieber Ernest:
Hast Du das Buch [*Zärtlich ist die Nacht*] gemocht? Himmel, lass mir doch ein paar Zeilen zukommen und gib mir so oder so Bescheid. Du kannst meine Gefühle nicht verletzen. Ich hätte nur gern ein paar intelligente Aussagen darüber – sodass ich ein bisschen was von diesem Kritikerjargon aus meinem Kopf kriege.

Immer Dein Freund
Scott

Alles, was ich bezüglich des Lektorats [von *Der Sieger geht leer aus*] meinte, war, dass ich Dich in Max' Position dazu gedrängt hätte, mit der Veröffentlichung noch ein wenig zu warten, bis Du mehr Material beisammen hast.[1] Es hatte weder das Überraschungsmoment von *In unserer Zeit* (zwangsläufig) noch dessen Einheit. Und es hatte auch nicht die große Ausgewogenheit Deiner ersten Schar von Geschichten wie *Männer ohne Frauen*. Ich denke, was die »generelle Zusammenstellung« betrifft, hätte das durch schiere Masse gesühnt werden können. Zieh diese Option mal in Betracht!

Andererseits kannst Du auch froh sein, dass Du die Neuerscheinungen dieser Saison verpasst hast. Ich stehe an 5ter Stelle der Bestseller dieses Landes + habe die 12 000 noch nicht geknackt.

AN SCOTT

Key West, 28. Mai 1934

Lieber Scott:
Ich mochte es und mochte es nicht [*Zärtlich ist die Nacht*]. Es fing mit dieser herrlichen Beschreibung von Sara und Gerald [Murphy] an (verfluchter Mist, Dos hat es mitgenommen, deshalb kann ich nicht nachsehen. Wenn ich also irgendwas Falsches sage –). Dann fingst Du an, mit ihnen rumzualbern, sie von irgendwoher stammen zu lassen, wo sie nicht herstammen, und sie zu anderen Menschen zu machen, und das kannst Du nicht machen, Scott. Wenn Du wirkliche Leute nimmst und über sie schreibst, kannst Du ihnen nicht andere Eltern geben als die, die sie haben (ihre Eltern und ihre Erlebnisse haben sie schließlich geformt), und Du kannst sie nicht etwas tun lassen, was sie nicht tun würden. Du kannst Dich oder mich oder Pauline oder Hadley oder Sara oder Gerald nehmen, aber Du kannst sie nicht verändern, und Du kannst sie nur so handeln lassen, wie sie in Wirklichkeit handeln würden. Du kannst nicht aus jemand einen anderen machen. Erfindung ist etwas sehr Schönes, aber man kann nicht etwas erfinden, was tatsächlich nicht passieren würde.

Das ist es, was man von uns erwartet, wenn wir auf der Höhe sind – alles erfinden –, aber so wahr erfinden, dass es später genauso passieren wird.

Verdammt noch mal, Du hast Dir mit der Vergangenheit und Zukunft von Leuten Freiheiten herausgenommen, und dabei sind keine Menschen herausgekommen, sondern verdammte, fabelhaft gefälschte Fallstudien. Du kannst besser schreiben als jeder andere, Du hast ein solch unglaublich großes Talent, dass Du – zum Teufel damit. Scott, schreib um Gottes willen, und schreib die Wahrheit, egal, wen oder was Du damit verletzt, aber lass diese albernen Kompromisse. Du könntest zum Beispiel über Gerald und Sara ein wirklich gutes Buch schreiben, wenn Du genug über sie wüsstest, und sie würden es Dir nicht verübeln, höchstens vorübergehend, wenn es wahr wäre.

Es gab wunderbare Stellen, und kein anderer, keiner von den Jungs kann auch nur ein halb so gutes Buch schreiben wie eins, das von Dir nicht erscheint, aber in diesem hast Du zu schlimm geschwindelt. Und das hast Du nicht nötig.

Erstens habe ich immer behauptet, dass Du nicht denken kannst. Na schön, geben wir zu, Du kannst denken. Sagen wir aber mal, Du könntest nicht denken; Du solltest schreiben, erfinden, aus dem heraus, was Du weißt, und nicht das Vorleben der Leute verändern. Zweitens hast Du vor langer Zeit aufgehört zuzuhören, außer den Antworten auf deine eigenen Fragen. Du hattest gutes Material drin, das gar nicht nötig war. So was trocknet einen Schriftsteller aus (wir trocknen alle aus. Das ist keine Beleidigung für Dich persönlich) – wenn er nicht zuhört. Da kommt alles her. Sehen, hören. Du siehst gut genug. Aber Du hörst nicht mehr zu.

Es ist viel besser, als ich jetzt sage. Aber es bleibt weit unter deinen Fähigkeiten.

Du kannst Clausewitz im Feld und Ökonomie und Psychologie studieren, und nichts davon wird Dir auch nur das Geringste nützen, wenn Du erst einmal schreibst. Eigentlich sind wir verdammt lausige Akrobaten, aber wir machen manchmal ein paar richtig tolle Sprünge, alter Freund, und es gibt all diese anderen Akrobaten, die nicht springen.

Schreib, um Gottes willen, und sorg Dich nicht darum, was die Jungs sagen werden, oder ob es ein Meisterwerk werden wird oder was. Ich schreibe eine Seite Meisterwerk auf einundneunzig Seiten Scheiße. Die Scheiße versuche ich in den Papierkorb zu werfen. Du glaubst, Du müsstest Kacke veröffentlichen, um Geld zum Leben und Lebenlassen zu verdienen. Na schön, aber wenn Du genug schreibst und so gut Du kannst, wirst Du dieselbe Menge Stoff für Meisterwerke haben (wie wir in Yale sagen). Du kannst einfach nicht gut genug denken, um Dich hinzusetzen und vorsätzlich ein Meisterwerk zu schreiben, und wenn Du [Gilben] Seldes und diese anderen Typen, die Dich fast zugrunde gerichtet haben, loswerden könntest und Du so gut schreibst, wie Du kannst, und die Zuschauer schreien ließest, wenn es gut ist, und buh rufen ließest, wenn es schlecht ist, wäre alles in Ordnung.

Vergiss Deine persönliche Tragödie. Wir sind alle von Anfang an verflucht, und besonders Du musst erst furchtbar verletzt werden, bevor Du ernsthaft schreiben kannst. Aber wenn Du diesen verdammten Schmerz fühlst, nutze ihn, und betrüge nicht damit. Sei damit so gewissenhaft wie ein Wissenschaftler – aber bilde Dir nicht ein, irgendetwas sei nur deshalb von Bedeutung, weil es Dir zustößt oder jemandem, der zu Dir gehört.

Also allmählich würde ich Dir keinen Vorwurf machen, wenn Du mir eins in die Schnauze hauen würdest. Herrgott, ist schon toll, anderen zu sagen, wie sie schreiben, leben, sterben sollen usw.

Ich würde Dich gerne sehen und nüchtern mit Dir darüber reden. In N.Y. warst Du so verdammt besoffen, dass nichts dabei rauskam. Sieh mal, alter Freund, Du bist kein tragischer Charakter. Und ich auch nicht. Wir sind bloß Schriftsteller, und wir sollten schreiben. Von allen Leuten auf der Welt warst Du derjenige, der bei der Arbeit Disziplin gebraucht hätte, und stattdessen heiratest Du jemand, der auf Deine Arbeit eifersüchtig ist, sich mit Dir messen will und Dich kaputtmacht. So einfach ist das freilich nicht; ich habe Zelda, als ich sie kennenlernte, für verrückt gehalten, und Du hast alles nur noch mehr kompliziert, weil Du sie liebtest und – natürlich bist du ein Säufer. Aber Du bist auch kein größerer Säufer als Joyce, und überhaupt sind das die meisten Schriftsteller. Aber, Scott, gute Schriftsteller schaffen es immer wieder. Immer. Du bist jetzt zweimal so gut wie damals, wo Du meintest, so herrlich gewesen zu sein. Du weißt, dass ich damals nie so viel von *Gatsby* gehalten habe. Du kannst jetzt doppelt so gut schreiben wie jemals. Du brauchst nur wahrhaftig zu schreiben und Dich nicht darum zu kümmern, was daraus wird.

Mach weiter und schreib.

Jedenfalls mag ich Dich ungeheuer, und ich hätte gern ab und zu mal die Möglichkeit, mit Dir zu reden. Wir haben uns früher so gut unterhalten. Erinnerst Du Dich noch an diesen Burschen in Neuilly, zu dem wir rausgefahren sind, um ihn sterben zu sehen? Der war letzten Winter hier. Verdammt netter Bursche, dieser Canby Chambers. Dos habe ich oft gesehen. Es geht ihm ziemlich gut, voriges Jahr um diese Zeit war er sehr krank. Wie geht es Scotty und Zelda? Pauline lässt grüßen. Uns geht es allen gut. Sie fährt für ein paar Wochen mit Patrick nach Piggott. Bringt dann Bumby zurück. Wir haben ein gutes Boot. Komme ganz gut voran mit einer sehr langen Erzählung. Schwierig zu schreiben.

Immer Dein Freund

Ernest

Was ist mit *Fiesta* und dem Film? Besteht eine Chance?

Von den guten Stellen habe ich nichts gesagt. Du weißt, wie gut sie sind. Mit dem Erzählungsband [*Der Sieger geht leer aus*] hast Du recht. Ich hätte ihn gern zurückgehalten, um mehr dafür zu schreiben. Diese letzte, die ich im *Cosmopolitan* hatte – das wär's gewesen.

AN ERNEST

1. Juni 1934,
Baltimore, Maryland

Lieber Ernest:
Dein Brief hat sich mit einem von mir gekreuzt – oder vielmehr beinahe gekreuzt. Ich bin jetzt froh, dass ich ihn nicht abgeschickt habe, denn die charmante Aufrichtigkeit Deines Briefes hat die nebelgeschwängerte Atmosphäre aufklaren lassen, die es uns meinem Empfinden nach so schwer gemacht hat, miteinander zu kommunizieren. Bevor ich gleich schon wieder selbstbezogen sein werde: Genau wie Du meintest, ist mir auch durch den Sinn gegangen, dass diese Chinesische-Einwanderer-Geschichte im *Cosmopolitan*[1] den *Siegern* genau das Gewicht verliehen hätte, das vonnöten gewesen wäre. Erlaube mir einen weiteren Kritikpunkt: Obwohl ich Deine vollkommen abstrakten Titel immer bewundert habe, denke ich bei diesem hier nicht, dass Du eine besonders geglückte Wahl getroffen hast.

Als Nächstes würde ich mit Dir noch über ein paar handwerkliche Dinge in den Ring steigen. Der Grund, warum ich Dir einen Brief geschrieben habe, war, dass Dos auf der Durchreise bei uns vorbeikam und meinte, Du hättest in Bezug auf mein Buch zur Sprache gebracht, worüber wir uns einmal in einem Café auf der Avenue de Neuilly ausgetauscht haben – die Entwicklung der Figuren. Nun, ich widerspreche Deiner Theorie nicht vollkommen, aber ich glaube nicht, dass Du Deinen Standpunkt anhand eines Beispiels wie diesem von Bunny untermauern kannst, der seinen eigenen Vater als Figur verwendet, um ihn im Text zum Erzeuger von John Dos Passos zu machen oder auch anhand meines Buches, das ein Gebiet absteckt, das Du selbst zur gleichen Zeit wie ich durchschritten hast. Ganz gleich in welchem dieser beiden Fälle – wie kannst Du auf Deine eigene Trennlinie vertrauen? Hättest Du keinen der originalen Charaktere jemals getroffen, wäre Dein Argument überzeugender.

Und um das noch ein bisschen weiter auszuführen: Wo hört denn die allgegenwärtige korrekte logisch zu erfassende Aneinanderreihung von Geschehnissen auf, von Ursache und Wirkung etc., und wo beginnen die Gefilde der Vorstellungskraft? Nochmals, gut möglich, dass Du vollkommen recht hast, denn Dein Gedanke bezieht sich doch wahrscheinlich eher auf die kreative Fähigkeit in einem selbst denn auf den Effekt, der damit beim Leser erzielt wird. Nichtsdestotrotz bin ich von dieser Überlegung nicht begeistert und daran die großen Fehler von *Zärtlich war* festzumachen, überzeugt mich nicht. Denk nur mal an die Renaissancekünstler und an die elisabethanischen Dramatiker – Erstere mussten die mittelalterlichen Vorstellungen von Wissenschaft und Archäologie, die aus der biblischen Geschichte erwuchsen, hinter sich lassen, und Shakespeare dann hat versucht, seine eigenen Beobachtungen des Lebens um ihn herum auf der Basis von Plutarchs Lebensschilderungen und Holinsheds Chroniken zu deuten. Du musst zugeben, dass hier das Kunststück zustande gebracht wurde, aus drei verschieden Gesteinsarten ein Monument zu erschaffen. Du kannst mir zu Recht vorwerfen, dass ich im Gegensatz dazu keineswegs die Kraft habe, so was hinzubekommen. Aber es generell in Zweifel zu ziehen, das ist höchst fragwürdig. Ich reite nur deshalb mit einer solchen Hartnäckigkeit auf diesem Punkt herum, da eine solche Dir vorschwebende Konzeption – wenn Du Dich darauf versteifst – Deine eigenen Erzählmöglichkeiten beträchtlich einschränkt. Oder um es kurz zu fassen: Du kannst nicht wirklich behaupten, dass die Figurenzeichnung meinem Roman geschadet hat. Sondern das ist lediglich von Deinem Blickwinkel aus gesehen so.

Und was nun den speziellen Fall von Gerald und Sara betrifft: Ich weiß nicht, welche Kenntnis Du tatsächlich über meine längjährige Beziehung zu den beiden zu haben glaubst. Aber aus solch beiläufigen Formulierungen von Dir wie »Gerald hat sich mit Dir überworfen!« schließe ich, dass Du nicht einmal weißt, wie unsere Freundschaft überhaupt zustande gekommen ist. In diesem Fall hast Du das exakte Gegenteil dessen getroffen, was der Wahrheit entspricht. Ich gehe mal davon aus, dass mein uneingeschränkter Respekt vor Deinem künstlerischen Werdegang offenkundig ist. Du bist – die paar wenigen im Sterben begriffenen oder bereits gestorbenen alten Herren mal ausgenommen – der einzige Schriftsteller in Amerika, zu dem ich ziemlich aufblicke. Es gibt einzelne Abschnitte und Szenen in Deinem Werk, die ich immer und immer wieder aufs Neue lese. Um ehrlich zu sein, habe ich mir genau das ungefähr anderthalb Jahre lang untersagt, weil ich befürchtete, Deine besonderen Rhythmen würden sich in einem infiltrierenden Prozess in meine eigenen einschleichen. Vielleicht werden Dir auch in *Zärtlich* einige Deiner persönlichen Merkmale aufgefallen sein. Wobei ich aber sagen muss, dass ich verdammt noch mal alles getan habe, um das zu vermeiden. (Übrigens habe ich – bis ich meine eigene Version fertig hatte – davon abgesehen, Wescotts Geschichte über die Matrosen von Villefranche[2] zu lesen. Ich denke, das war für mich sowieso das Weiseste, was zu tun war, und habe daraufhin einen netten Brief von ihm bekommen, in dem er auch auf diese Angelegenheit eingegangen ist.)

Und um nun wieder in meine Titelmelodie zu verfallen: Der zweite handwerkliche Punkt, der für Dich von Interesse ist, betrifft den direkten Diebstahl einer Deiner Ideen, ebenso wie von einer Idee Conrads und einiger Zeilen von David-die-Füchsin-Garnett[3]. Was mir dieses wiederum einbrachte, war eine Theorie, die ich Conrads Vorwort von *Der Neger* entnahm. Dass nämlich der Zweck eines geschriebenen Werks darin besteht, auf den andauernden Nachhall im Geiste des Lesers einzuwirken.

Im Unterschied zu – sagen wir mal – dem Zweck der Rhetorik an sich oder der Philosophie, die die Menschen jeweils in einer kämpferischen oder gedankenvollen Stimmung zurücklassen. Der nächste Gewinn, der aus meinem Diebstahl hervorging, war, dass ich mich daran erinnerte, dass Du einmal beim unmittelbaren Ende von *In einem anderen Land* versucht hast, etwas herauszuarbeiten, was ganz im Sinne einer solchen Theorie stand. Ich weiß noch, Deine erste Fassung – oder zumindest die erste, die ich zu lesen bekam – hat in einer allgemein gehaltenen altmodischen Zusammenfassung Einblicke in das zukünftige Leben Deiner Charaktere gewährt. »Der Pfarrer übte sein Amt im Regime des Faschismus aus« etc. Und vielleicht erinnerst Du Dich an meinen Vorschlag, Deinen Hang zum Wortschwall überall, wo er in diesem Buch auftaucht, herauszustreichen und damit aufzuhören. Du warst gegen diese Idee, da Du der Ansicht warst, die Richtlinie eines belletristischen Werkes müsste sein, den Leser in emotionale Höhen zu führen, ihn dann zu enttäuschen bzw. wieder zu erlösen. Du hast keine ästhetischen Argumente dafür geliefert, aber nichtsdestotrotz konntest Du mich überzeugen. Und das dritte Beispiel von Diebstahl, das seinen Beitrag zu diesem Symposium leisten soll, ist meine Bewunderung für die Sterbeszene in jenem besagten Buch von Garnett, und ich zeichnete sie bei meinem eigenen Ende von *Zärtlich* nach – so akkurat, wie es menschlich vertretbar ist. Und ich lasse den Leser wissen, dass all das letztlich – ganz gleich, was zuvor auch geschehen ist – ein ganz üblicher, alltäglicher Fall ist, um so in ihm den Wunsch wachzurufen, geradewegs zu mir zu kommen, um mir in die Fresse zu hauen. Das ist besser, als wenn ich mich selbst zu ihm aufmache, um an seinen Nerven zu rütteln und die Sau herauszulassen und ihn dann gewissermaßen in dem Zustand einer im Bett unbefriedigten Frau wieder zurückzulassen. (Ist Dir das jemals in Deinen Tagen mit MacCallagan oder McKisco[4] so gegangen, Süßer?)

Danke nochmals für Deinen Brief, der verdammt nett war und meine absolut besten Wünsche an alle (übrigens, woher hast Du die Idee, dass ich Pauline nicht leiden kann oder dass ich sie nicht so mag, wie es angemessen wäre?). Während all dieser ganzen Lebenszeit habe ich bei all den vielen Menschen, mit denen wir immer unterwegs waren, nur gegenüber einer einzigen Person eine gewisse launenhafte seelische Kühle verspürt, und das war Ada McLeish. Und selbst in diesem Fall ist es nie mehr gewesen als eben das. Ganz ehrlich – ich bin nie jemand gewesen, der Leute hasst. Meine vorübergehende Verbitterung über Menschen haben immer ein jähes Ende mit dem gefunden, was Freud als einen Minderwertigkeitskomplex bezeichnet und Jesus mit den Worten »Der, welcher ohne Sünde ist …!« bedachte. Ich kann mich noch gut an den Tag erinnern, an dem er das gesagt hat. Wir haben uns seit damals kein bisschen verändert. Irgendeinen trifft es immer. Wir warfen die Münze, und er hat verloren.

Ich verlange mittlerweile nur noch $ 5000 für Briefe. Stell den Scheck aus für: Agentur für spitzenmäßige Literaturkritik – Malcom Republic, c/o The New Cowlick[5]

Immerzu Dein Freund Scott

PS: Hast Du mein Stück über Ring in der New Cowlick gesehen? Ich denke, Du hättest es gemocht.

PPS: Für diesen Brief und die Fragen, die er aufwirft, sind keine Antworten erforderlich. You are »write« – ich höre nicht mehr zu. Meine Fallgeschichte scheint sich weiterhin so zu entwickeln, dass ich meist für die gleichen Blätter schreibe, und zu einfach gestrickten Leuten bin ich sehr höflich Aber Dir höre ich zu, und ich würde mich verdammt freuen, wieder einmal Deine Stimme zu hören.

1936

AN ERNEST

16. Juli 1936, Asheville, North Carolina

Lieber Ernest,
bitte halte meine Person aus Deinen schriftlichen Erzeugnissen heraus.[1] Wenn ich hin und wieder de profundis zu schreiben beschließe, bedeutet das nicht, dass ich Freunde laut über meinem Leichnam beten hören möchte. Zweifelsohne war es nett von Dir gemeint, aber es hat mir eine schlaflose Nacht bereitet. Und falls Du die Geschichte in ein Buch aufnimmst, könntest Du bitte meinen Namen streichen? Es ist eine feine Geschichte – eine Deiner besten –, obwohl »der arme alte Fitzgerald etc.« sie mir ein wenig verdorben hat.

Immerzu Dein Freund
Scott

Reichtum hat mich nie fasziniert, wenn nicht verbunden mit größtmöglichem Charme oder Vornehmheit.

1937

AN ERNEST

05. Juni 1937

Schön, Dich so putzmunter + voller Leben anzutreffen, lieber Ernest. Ich hoffe, Du lässt Dein Buch ordentlich Speck ansammeln. Ich weiß, einige der *Esquire*-Sachen sind zu gut, als dass man sie auslassen könnte.[1] All meine besten Wünsche für Deinen Trip nach Spanien. Ich wünschte, wir könnten einander häufiger sehen. Mir kommt es oft vor, als würde ich Dich überhaupt nicht kennen.

Immerzu Dein Scott

Sich in Richtung Süden aufzumachen, scheint mir immer eher trostlos zu sein + schicksalsschwer und unsicher. Das ist keine Ausnahme. Sich stattdessen dem Norden zuzuwenden, macht zwar ein sicheres, aber dafür abstumpfendes Gefühl.

AN ERNEST

–Telegramm–
13. Juli 1937, Los Angeles

Der Film[2] übertraf jegliches Lob. Dasselbe gilt für Dein Auftreten.
Scott.

F. Scott Fitzgerald, 1937.

1940

AN ERNEST

8. November 1940,
Hollywood, Kalifornien

Lieber Ernest,
das ist ein großer Roman, besser als es jeder andere Schreiber hinbekommen hätte. Danke, dass Du an mich gedacht hast und für Deine Widmung[1]. Ich habe ihn mit großem Interesse gelesen – gewahr aller Schwierigkeiten, die sich beim Schreiben auf langem Wege ergeben, und war oft ziemlich unfähig, dahinterzukommen, wie es Dir gelungen ist, all diese Effekte zu erzielen. Aber genau das hast Du immer geschafft. Das Massaker war glänzend beschrieben, ebenso wie der Kampf in den Hügeln und die Szene, in der das Dynamit dann gezündet wird. Was die Nebenschauplätze betrifft, mochte ich besonders die fein gezeichnete Skizze von Karkov und Pilars Sonate über den Tod. Und ich hatte persönliches Interesse an den Stellen über die Mosby-Guerilla – wegen meines eigenen Vaters. Die Szene, in der sich der Vater von seinem Sohn verabschiedet, ist sehr kraftvoll. Ich werde das ganze Buch noch ein zweites Mal lesen.

Ich bin nie dazu gekommen, Dir zu sagen, dass mir *Haben und Nichthaben* ebenso gut gefallen hat. Da ist eine Beobachtungsgabe und ein Schreibstil angewandt worden, die die Jungs da draußen mit voller Kraft imitieren werden. Abschnitte und Szenen, die es mit Dostojewski aufnehmen können – in ihrer unbeirrten Intensität.

Meine Glückwünsche auch zu dem großen Erfolg Deines

neuen Buches. Ich beneide Dich wie wahnsinnig, und darin liegt keine Spur von Ironie. Ich habe Dostoiefski, der so viele Menschen anspricht, immer schon lieber gehabt als jeden anderen Europäer – und ich beneide Dich um die Zeit, die Dir nun beschert ist, um das zu tun, was Du tun willst.

In alter Zuneigung,

Mir ist ein alter Artikel von John Bishop untergekommen, der davon handelt, wie Du vier Tage in Caporetto unter einem Haufen von Leichen begraben warst und davon, dass ich in Princeton durchgefallen bin (dabei habe ich Princeton im November auf einer Tragbahre verlassen – man kann im November nicht durchfallen). Dann ging es darum, dass ich mich an alle Reichen heranschmeißen würde und ein gesellschaftlicher Emporkömmling sei. Was ich eigentlich sagen wollte, war, dass ich tatsächlich etwas über Dich und Deine Erlebisse an der italienschen Front weiß. Ich habe es von einem Herrn gehört, der in Deiner Einheit gedient hat – nämlich, wie Du eine höllische Distanz mit einem schwerverwundeten Mann auf dem Rücken zurückgelegt hast und dass die Ärzte, als sie sich schließlich über Dich beugten, staunten, dass Du noch am Leben warst – mit derart vielen Schusswunden. Aber keine Sorge – werde es niemanden verraten. Nicht mal Allan Campbell[2], der mich neulich anrief und mir ein paar Neuigkeiten über Dich erzählte.

PS: (2) Ich höre, Du heiratest eine der mit Abstand hübschesten Personen[3], die ich jemals gesehen habe. Bring mich einmal bei ihr in Erinnerung.

Ernest Hemingway mit seiner dritten Ehefrau Martha Gellhorn nach der Fasanenjagd, 1940.

Epilog

ERNEST HEMINGWAY
AN HARVEY BREIT

La Finca Vigia, 18. August 1954

Lieber Harvey:
Freut mich, dass Du den Urlaub so verbringst und ordentlich arbeitest.

Ich wüsste nicht, was daran falsch sein sollte, dass Du ein Stück über Scott schreibst. Er ist jetzt öffentliches Eigentum. Bei Mizener hat mir manches nicht gefallen. Worauf Du bei Budds [Schulberg] Roman achten musst – so wie ich ihn in Erinnerung habe –, ist, dass es kein besonders guter Roman ist und die Frau nicht sehr überzeugend war. Ich würde mich nicht allzu eng an das Buch halten, wenn ich einer von Euch wäre. Halte Dich an Mizeners Buch, das ja historisch sein soll, und allgemein Bekanntes ist sicher genauso öffentliches Eigentum wie Scott.

Falls dir das als grundsätzliche Information dienlich ist: Zu der Zeit, als ich Scott in Paris und an der Riviera kannte, hat er nie mit einer anderen Frau als Zelda geschlafen. Das ist die reine *gen*.

Sie hat ihn zum ersten Mal mit einem jungen französischen Marineoffizier betrogen.

Das war das Erste, was Scott kaputt gemacht hat. Dann war sie lange Zeit verrückt (schyzophren; sieh nach, wie man das schreibt. Ich hab's falsch geschrieben, und bis zum Lexikon in Marys Zimmer ist es mir zu weit), und niemand wusste es. Sie war auf Scotts Arbeit krankhaft eifersüchtig, und jedes Mal, wenn er hart arbeitete, machte sie es ihm unmöglich. Das war nicht schwer, da er mehr als nur ein potenzieller Säufer war. Gerettet hat ihn, dass er das Trinken nicht vertrug. Er konnte damals keinen Alkohol vertragen und kippte schon nach ein paar Drinks, die unsereinen normalerweise erst in Stimmung bringen, bewusstlos um. Es machte ihm auch Spaß, bewusstlos umzukippen, weil er dadurch in den Mittelpunkt der Aufmerksamkeit rückte. Ohne es zu wollen, stellte er sich ungeheuer gern zur Schau, und im Lauf der Zeit wurde er ein immer widerlicherer Trunkenbold. Budd kennt ihn von einer Reise und von Holywood (füg ein l ein), aber ich weiß nicht wie gut. Ich kannte ihn lange und habe ihn in allen möglichen Situationen erlebt, und ich war sein Held, ein Job, den Du jederzeit haben kannst.

In ihm vereinte sich die ganze Selbstgefälligkeit des Säufers mit der Selbsterniedrigung des irischen Säufers. Außerdem besaß er hervorragendes Talent, fast keine Bildung, und er verlor sein Selbstvertrauen, als Zelda ihm sagte, dass sein Penis kleiner wäre als bei einem normalen Mann, und dass er sie nie befriedigt hätte. Er vertraute mir dieses schreckliche Geheimnis in Michaud's Restaurant an, und ich bat ihn, mit aufs Klo zu kommen, wo ich mir genau betrachtete, wie er gebaut war. Er war völlig normal gebaut. Ich erklärte ihm, dass er sich seinen Schwanz immer von oben ansieht, wodurch er kürzer erscheint. Er dachte, ich nähme seinen großen Kummer auf die leichte Schulter. Ich erklärte ihm, dass es der Erektionswinkel und die Fähigkeit, die Erektion zu halten, und einige andere grundsätzliche Dinge seien, wie etwa, an das Vergnügen des Partners zu denken, die einen Mann im Bett gut oder schlecht machen. Aber er hatte sich an dieser Ausrede für seine Niederlage festgeklammert und wollte sich nicht trösten lassen.

Ich bot ihm an, ihn in den Louvre mitzunehmen und ihm zu zeigen, wie Leute früher gebaut waren, aber er ließ sich nicht aufheitern. Zelda hatte ihm das gesagt, also war es wahr. Zelda war zu dieser Zeit völlig verrückt.

Diese Sachen nützen Dir vielleicht nichts, vielleicht aber doch. Nachdem Scott ein richtig ekelhafter Säufer geworden war, führte er sich immer schlimmer auf. Ich pflegte mit ihm zum Essen auszugehen, und er beleidigte die Leute, und ich musste es immer ausbügeln, damit er nicht zusammengeschlagen wurde. Er hat sich selbst in seinen besten Tagen nicht prügeln können, und es kam so weit, dass es ihm Spaß machte, Leute zu schlagen, was ich dann ausbaden musste. Das Folgende ist nur eine kleine Probe davon, wie es in Paris war. Ich wohnte in der zweiten Etage eines Pavillons über einer Sägemühle. Mein Vermieter wohnte im Erdgeschoss. Als Scott uns einmal mit der kleinen Scotty besuchen kam, ließ er sie am Fuß der Treppe direkt vor der Tür des Vermieters auf den Boden Pipi machen. Es lief unter der Tür durch, und der Vermieter kam raus und sagte sehr freundlich zu Scott, dass unter der Treppe eine Toilette wäre. Er dachte, das Kind hätte eben plötzlich gemusst. »Ich weiß, dass da eine ist, du Dreckskerl«, sagte Scott. »Und ich werde dich mit der Nase reinstecken.«

Es gab Hunderte von solchen Vorfällen. Aber als ich ihm sagte – nach einem schrecklichen Abend, wo ich, um etwas wirklich Fürchterliches, das Scott angerichtet hatte, auszubügeln, dem Portier des *Plaza* eine große Summe geben musste –, dass ich nie mehr mit ihm ausgehen würde, es sei denn, er verspräche, sich Leuten gegenüber nicht mehr so scheußlich zu benehmen, oder es jedenfalls zu versuchen, brachte er es fertig, etwas darüber zu schreiben, dass er mit der Autorität eines Menschen spräche, der versagt hat, und ich mit der Autorität eines Menschen, der usw., und so konnten wir nie mehr zusammen an einem Tisch sitzen. Eine ziemlich selbstgefällige Version.

Zelda hat ihn wahrhaftig zugrunde gerichtet, denn jedes Mal, wenn er sich gefangen hatte, brachte sie ihn wieder zum Saufen. Aber, Harvey, es schien, als ob er sich gern demütigen ließ, und natürlich demütigte er jeden, mit dem er zusammen war. Ich habe ihn Dinge tun sehen, die man kaum einem wirklich Verrückten hätte verzeihen können. Anfangs war er hinterher noch immer schrecklich zerknirscht. Später erinnerte er sich gar nicht mehr daran. Er war immer großzügig, und nüchtern konnte er verdammt nett sein.

Wenn diese *gen* Dir nichts nützen oder verwirrend sind, schmeiß sie weg. Ich habe ihn während seiner Hollywood-Zeit nie gesehen, und das Stück handelt von einem Kerl aus *jener* Zeit. Also nützen Dir solche *gen* wahrscheinlich nichts. Was ich hier schreibe, spielt in den sechs oder vielleicht auch zehn Jahren, nachdem er den *Gatsby* geschrieben hatte. Falls irgendetwas in irgendeiner Hinsicht nicht in Dein Konzept über die Person, über die Du schreibst, passt, vergiss es. Ich bin sicher, er muss in Hollywood ganz anders gewesen sein, und da hat ihn Budd schließlich gekannt.

Als ich ihn kennenlernte, sah er sehr gut aus, eigentlich zu hübsch, und bei jedem Drink veränderte sich sein Gesicht ein wenig, und nach vier Drinks spannte sich die Haut, und das Gesicht sah aus wie eine Totenmaske. Ich schätze, das könnte man in einem Schauspiel mit der Beleuchtung hinkriegen. Aber vielleicht war er nicht mehr so, als Budd ihn kannte. Wenn er Wein trank oder nur ein paar Aperitifs, war er nett.

Ich hoffe, Du hast Glück mit dem Stück und dem Buch.

Diesen Kampf zwischen [Ezzard] Charles und [Rocky] Marciano hätte ich gern gesehen. Im Moment habe ich für Kämpfe nichts übrig. Aber wenn ich mal wieder einen guten zu sehen bekomme, werde ich schon wieder Geschmack dran kriegen.

Muss jetzt noch einen Brief an Philip Percival schreiben, der in London sehr krank ist. Danach muss ich 440 schwimmen. Ist jetzt hier sehr heiß, und fast jeden Nachmittag regnet es in Strömen.

Habe eine Kurzgeschichte beendet und schon über zwanzig Seiten an der nächsten geschrieben. Glaube, das habe ich Dir schon geschrieben.

Wenn ich Dir irgendwie behilflich sein und Dir aus den zwanziger Jahren irgendetwas über Scott mitteilen kann, würde ich es gerne tun. Es ist nicht alles so verdrießlich, wie sich das in diesem Brief anhört. Manchmal war es lustig. Aber in Ordnung war es nie. Ich habe ihn damals besser gekannt als jeder andere, nehme ich an. Gerald und Sara Murphy (Gerald ist Direktor von Mark Cross) haben ihn sehr gut gekannt und ihn öfter gesehen als ich. Sie könnten Dir helfen. Archie Mac Leish ebenfalls. Ich glaube allerdings, dass sie Dir alle, nach dem, was Mizener getan hat, nur sehr zögernd dabei helfen würden. Mit Pauline hätte sich gut reden lassen. Aber sie ist tot.

Immer Dein
Hemmingstein

F. Scott Fitzgerald: Wie man Stoff vergeudet – Eine Notiz über meine Generation (1926)

In unserer Zeit besteht aus vierzehn Kurzgeschichten, langen und kurzen, unter die fünfzehn lebendige Miniaturen gemischt sind. Versuche ich, mir andere amerikanische Kurzgeschichten zu vergegenwärtigen, die so gut sind wie *Großer doppelherziger Strom* am Schluss des Buchs, fallen mir nur *Melanctha* von Gertrude Stein, *Das triumphierende Ei* von Sherwood Anderson und *The Golden Honeymoon* von Ring Lardner ein. Es ist die Geschichte eines Jungen, der einen Ausflug macht, um zu angeln – er wandert, schlägt sein Zelt auf, macht sich zu essen, schläft und wirft am nächsten Morgen die Angel nach den Forellen aus. Mehr nicht – und dennoch las ich die Geschichte mit einer atemlosen und unwillkürlichen Spannung, wie ich es nicht mehr erlebt habe, seit Conrad meinen widerstrebenden Blick erstmals auf das Meer richtete.

Der Protagonist namens Nick kommt in fast allen Geschichten vor, und allmählich schlägt das Buch einen beinahe autobiographischen Ton an – tatsächlich ist *Mein Alter*, eine von zwei Geschichten, in denen man davon so gut wie gar nichts spürt, unter diesen Erzählungen die am wenigsten geglückte. Manche der Geschichten verraten gewisse Einflüsse, aber diese Einflüsse sind ausnahmslos vertieft und verändert, während sich in *Mein Alter* ein Echo von Andersons Gedankenwelt aus diesen sentimentalen *Pferdegeschichten* findet, die vor vier Jahren sein Ansehen gefestigt und gleichzeitig seinen Niedergang eingeläutet haben.

Aber bei *Der Doktor und seine Frau*, *Das Ende von Etwas*, *Drei Tage Sturm*, *Mr. und Mrs. Elliot* und *Soldaten zu Haus* ist man sich sofort eines völlig neuen Temperaments bewusst. In der ersten Geschichte wird ein Mann von einem Indianerhalbblut gedemütigt, nachdem er sich auf einen Streit eingelassen hat. Die Demütigung wird vom Leser so intensiv empfunden, dass sie ihm sofort jedes vergleichbare Erlebnis in der eigenen Vergangenheit in Erinnerung ruft. Ohne Erklärungen, ohne erhobenen Zeigefinger weiß man genau, wie schmerzlich es sich für den jungen Nick anfühlt, der die Szene beobachtet.

In den nächsten zwei Geschichten geht es um Erfahrungen an der Schwelle zum Erwachsenwerden. Der Leser erlebt, wie um Nick herum ununterbrochen Bindungen gekappt werden. Während der unausgegorenen, unreifen Unterhaltung am Feuer sieht man jene gewaltige Unruhe erwachen, die den Seelenhaushalt Achtzehnjähriger erfasst. Auch hier wird kein einziges Mal auf Erklärungen zurückgegriffen. Wie in *Großer doppelherziger Strom* entsteht vor unseren Augen ein Bild, klar, nostalgisch und eindringlich. Wenn das Bild fertig ist, scheint ein Licht aufzugehen, die Geschichte ist vorbei. Es gibt keinen Nachtrag, keinen plötzlichen Tempowechsel gegen Ende, der das, was vorausging, betonen würde.

Nick verlässt sein Zuhause ohne Geld; man sieht ihn verwundet in einer zerstörten italienischen Stadt auf der Straße liegen und beobachtet ihn später beim Liebesspiel mit einer Krankenschwester auf dem Dach eines Krankenhauses in Mailand. Dann, in einer der besten Geschichten, ist er wieder zu Hause. Als unser Blick zum letzten Mal auf ihn fällt, fordert ihn seine Mutter auf, mit all seinen bitteren Erfahrungen im Herzen zum puritanischen Gebet im Esszimmer neben ihr niederzuknien.

Wer zuerst die kurzen Zwischenstücke liest, wird auf die Lektüre der eigentlichen Geschichten nicht verzichten wollen. *Der Garten in Mons* und *Die Barrikade* sind treffende Miniaturessays über den britischen Offizierstypus. *L'Envoi, Das Erschießen der Kabinettsminister* und *Der Raub im Zigarrenladen* haben mich besonders fasziniert, schon damals, als Edmund Wilson sie mir vor über zwei Jahren in einer früheren Veröffentlichung erstmals zeigte.

Ignorieren Sie die weitgehend unsinnigen Reklamesprüchlein auf dem Buchumschlag. Es genügt vollauf zu wissen, dass wir es hier nicht mit halbgarem Essen wie in den Bahnhofsrestaurants von Kalifornien oder Wisconsin zu tun haben. Von den besten dieser Gerichte sollte man keinen Bissen auslassen. Und viele von uns, die der Mahnungen müde geworden sind, diesen oder jenen Mann »im Auge zu behalten«, haben wieder ganz frische Begeisterung verspürt bei der Lektüre dieser Geschichten, in denen Ernest Hemingway die Kurve kriegt.

Anhang

ANMERKUNGEN

1925

1 Elizabeth Hadley Richardson, Ernest Hemingways erste Ehefrau.

2 Robert McAlmon, amerikanischer Schriftsteller und Verleger in Paris. Er hatte das Gerücht verbreitet, Fitzgerald und Hemingway seien homosexuell.

3 Hemingways erster längerer Prosatext *Die Sturmfluten des Frühlings*, der zugleich Ehrerbietung und Karikierung des Schriftstellers Sherwood Anderson ist.

4 Pauline Marie Pfeiffer, seit Mai 1927 Ernest Hemingways zweite Ehefrau.

5 John Farrar, Hg. von *Literary Spotlight* (1924)

6 Thomas Alexander Boyd (1898–1935) schrieb *Through the Wheat* (1923), der Roman beruht auf seinen Erfahrungen im Ersten Weltkrieg.

7 *Drei Soldaten* (1921) und *Streets of Night* (1923), Romane von John Dos Passos.

8 John Dos Passos (1896–1970) zählt neben Fitzgerald und Hemingway zu den wichtigsten Vertretern der Moderne in der amerikanischen Literatur und war mit beiden befreundet.

9 Ursprünglicher Titel: *Mr. und Mrs. Smith*; die Erzählung war ein Angriff auf Mr. und Mrs. Chard Powers.

10 Salies-de-Béarn, frz. Kurort in den Pyrenäen, an dem sich Zelda im Januar 1926 aufhielt.

1926

1 In *How to Waste Material*, in *Bookman* 63 (Mai 1926), lobt Fitzgerald Hemingway in ganz ungewöhnlichem Ton.

2 *Gentlemen Prefer Blondes*, dt. Titel *Blondinen bevorzugt* von Anita Loos.

3 *Sherwood Anderson's Notebook*, Essays und Skizzen (1926).

4 Dorman-Smiths Stammsitz in Cootehill, County Cavan, Irland.

5 Der englische Titel von *Fiesta*, nach einer Stelle im Buch Ecclesiastes 1,5.

6 Dorothy Parker, US-amerikanische Schriftstellerin und Journalistin.

7 Vermutlich ein Scherz. Sapins = Tannen.

8 Die sogenannte Clean Book Bill (Gesetz, das für »saubere« Bücher sorgen sollte) wurde im Winter 1925/26 von Dr. W. L. Love in die New Yorker Gesetzgebung eingeführt und vom Ausschuss am 19. März 1926 für nichtig erklärt.

9 Hemingway und Fitzgerald trafen einander an der Französischen Riviera, und dort las Fitzgerald zum ersten Mal das Manuskript von *Fiesta*.

10 Fitzgerald hatte Hemingway davon überzeugt, eine Anekdote über Jack Brennan (amerikanischer Baseball-Spieler) und Benny Leonard (amerikanischer Boxer) aus der Kurzgeschichte *Um eine Viertelmillion* herauszunehmen.

11 Das erste Kapitel von *Fiesta* enthielt ursprünglich eine Serie von Kommentaren und kleinen Geschichten rund um das Quartier Latin in Paris, die Hemingway schließlich in den Fahnen herausstrich.

12 Samuel Parkes Cadman, amerikanischer Pfarrer, der über einen christlichen Radiosender Predigten hielt und religiöse Artikel in Zeitungen veröffentlichte.

13 Basil Woon, Autor des Buches *The Paris That's Not in the Guidebooks*.

14 Eine Anspielung auf das Motto in der ersten Ausgabe von Hemingways *In unserer Zeit*.

15 Eine Anekdote über Ford Madox Ford (englischer Schriftsteller), auf die Hemingway in *Paris – ein Fest fürs Leben* zurückgriff.

16 Aleister Crowley, britischer Okkultist; Ernest Hemingway verwertete auch diese Episode über ihn später in seinem Buch *Paris – ein Fest fürs Leben*.

17 Harold Stearns, alkoholsüchtiger amerikanischer Journalist und das Vorbild für die Figur Harvey Stone in Hemingways *Fiesta*.

18 Hemingway nahm diese Kürzung schließlich vor.

19 Warren G. Harding (amerikanischer Präsident von 1920 bis 1923), bekannt dafür, mit seiner Rhetorik oft in Schwierigkeiten zu geraten.

20 Vorbild für die Figur der Brett Ashley in Hemingways *Fiesta* war Mary Duff Sterling, später Lady Twysden, die Mitte der zwanziger Jahre in Paris zum Kreis um Ernest Hemingway und andere Schriftsteller der Lost Generation gehörte.

21 Englischer Schriftsteller, der über die britische High Society schrieb.

22 Diana Manners, besser bekannt als Lady Diana Cooper, war eine britische Schauspielerin.

23 Beatrix Esmond, eine welt-

gewandte Figur aus Thackerays Büchern *Die Geschichte des Henry Esmond* und *Die Virginier*.

24 Elizabeth Bennet, temperamentvolle Heldin aus Jane Austens *Stolz und Vorurteil*.

25 Kapitel 5 von *Fiesta* – die Szene, in der Jake Cohn über Brett erzählt.

26 Kapitel 6 von *Fiesta* – die Szene, in der Frances Clyne, Cohns Geliebte, ihn beschimpft, da er sie verlässt.

27 Kapitel 7 von *Fiesta* – die Szene, in der Jake von Brett besucht wird.

28 *Heute ist Freitag* erschien bei *As Stable Pamphlets* (Englewood, N. J., 1926), *Ein Gebirgsidyll* in *American Caravan*. *Die Killer* war die erste Erzählung Hemingways, die in *Scribner's Magazine* erschienen ist, Nr. 81 (März 1927).

29 Hemingway und Hadley hatten sich nach ihrer Rückkehr von der Riviera im August getrennt. Der Vorfall wird in *Für eine einen Kanarienvogel* fiktiv behandelt.

30 Jean de Pierrefeu, Autor mehrerer Bücher über den Ersten Weltkrieg.

1927

1 Die erste Zeile von Hemingways Kurzgeschichte *In einem anderen Land*, welche im April 1927 im *Scribner's Magazine* veröffentlicht worden war.

2 Ein Hundert-Dollar-Schein als Leihgabe (was in den heutigen Tagen etwas mehr als 1000 Dollar entspräche).

3 Der legendäre Kolumnist Franklin Pierce Adams (F. P.A.) hatte in der *New York World* eine Hemingway-Parodie veröffentlicht.

4 Der Titel lautet schlicht *Men without Woman* (*Männer ohne Frauen*). *All the Sad Young Men* ist der Titel eines 1926 von Fitzgerald veröffentlichten Kurzgeschichtenbandes.

5 Autobiographische Essays des britischen Diplomaten und Autors Harold Nicolson.

6 Bismarck-Biographie des deutsch-schweizerischen Autors Emil Ludwig.

7 Ein Theaterstück von E. E. Cummings.

8 *Krieg dem Kriege!*, 1924 erschienenes Buch des Antimilitaristen Ernst Friedrich.

9 Wortschöpfungen Ernest Hemingways.

1928

1 In den zwanziger und dreißiger Jahren ein bekannter US-amerikanischer Autor, zeitweise Vagabund und Profiboxer.

2 Hemingway war nach seiner Heirat mit Pauline Pfeiffer zum katholischen Glauben übergetreten.

3 Möglicherweise eine Anspielung auf eine von H. L. Mencken verfasste

Kritik von Hemingways *Männer ohne Frauen*.

4 Hemingway und Pauline waren über Nacht bei den Fitzgeralds geblieben, nachdem sie am 17. November das Football-Spiel Princeton–Yale im Palmer Stadium besucht hatten.

5 Hemingway und Bumby befanden sich im Zug von New York City nach Florida, als Hemingway in Trenton, New Jersey, ein Telegramm erhielt, das ihm den Tod seines Vaters mitteilte. Er bat Fitzgerald telegrafisch um ein Darlehen, ließ Bumby in der Obhut des Pullman-Schaffners und nahm in Philadelphia einen Zug nach Chicago.

6 Ein Zeitungsausschnitt mit der Überschrift »Stierkämpfer wird verhaftet, weil er auf Kritiker einschlug«.

1929

1 Im Juni 1929 trafen Hemingway und Fitzgerald einander in Paris, und dort las Scott zum ersten Mal das Manuskript von Hems zweitem großen Roman *In einem anderen Land*, welcher zur selben Zeit bereits auch schon in Fortsetzungen im *Scribner's Magazine* abgedruckt wurde. Auf neun Seiten notierte Fitzgerald seine Anmerkungen zu dem Manuskript.

2 Kapitel 19 von Hemingways *In einem anderen Land*, in dem es eine Begegnung und Konversation zwischen Meyers, seiner Frau, einigen Opernsängern und Ettore Moretti gibt.

3 Möglicherweise ein Verweis auf die Aussage der Figur des Geistlichen in Kapitel 26 von Hemingways *In einem anderen Land*, wonach die Österreicher Christen seien, die Bosnier hingegen nicht.

4 Das in Kapitel 19 stattfindende Gespräch der Figuren Frederic und Catherine in Hemingways *In einem anderen Land* über den Regen: »Ich fürchte mich vor dem Regen, weil ich mich manchmal tot darin liegen sehe.«

5 Gemeint ist Hemingways 1927 veröffentlichte Kurzgeschichte *Hügel wie weiße Elefanten*.

6 Kapitel 20 von *In einem anderen Land* – die Darstellung von Frederic und Catherines gemeinsamem Tag beim Rennen.

7 Kapitel 22 von *In einem anderen Land* – Miss Van Campen entdeckt die leer getrunkenen Flaschen in Frederic Henrys Krankenzimmer.

8 Kapitel 21 von *In einem anderen Land* – Frederic Henrys Bericht über die Kriegsanalyse des britischen Majors. »Wops« bezieht sich auf eine der Vignetten, die den Kurzgeschichten in Hemingways *In unserer Zeit* vorangestellt sind.

9 Kapitel 21 von *In einem anderen Land* – Die Szene, in der Catherine offenbart, dass sie schwanger ist.

10 Kapitel 21 – Catherine sagt:

»Wir werden ein Baby bekommen, Darling.«

11 Kapitel 23 von *In einem anderen Land* – Frederic und Catherine kaufen eine Pistole und ein paar Patronen in einem kleinen Laden.

12 Kapitel 34 von *In einem anderen Land* – Frederic Henrys nächtlicher Monolog nach seinem Wiedersehen mit Catherine in Stresa: »Wenn Menschen zu viel Mut auf die Welt mitbringen, muss die Welt sie töten, um sie zu zerbrechen, und darum tötet sie sie natürlich.«

13 Kapitel 30 von *In einem anderen Land* – das Wort wurde in der Buchausgabe durch Pünktchen ersetzt.

14 Ebenfalls Kapitel 30 von *In einem anderen Land* – Frederic Henrys Festnahme durch die »Carabinieri« und seine Flucht.

15 Der ursprünglich verwendete Einstieg in das Kapitel 40 von *In einem anderen Land* wurde später von Ernest Hemingway gestrichen.

16 Siehe Anmerkung 12.

17 Die Hemingways hatten in Paris ein Appartement von Ruth Obre-Goldbeck de Vallombrosa zur Untermiete genommen.

1934

1 Der Beginn von Hemingways Roman *Haben und Nichthaben*, der zuerst als abgeschlossene Kurzgeschichte *One Trip Across* konzipiert und veröffentlicht wurde.

2 Glennway Wescotts Essay *Goodbye, Wisconsin* von 1928.

3 David Garnett, britischer Autor, sein bekanntestes Werk ist die Erzählung *Meine Frau, die Füchsin*.

4 Fitzgerald spielt hier mit den Worten bzw. Namen McAlmon und Callaghan. McKisco ist eine Figur in seinem Roman *Zärtlich ist die Nacht*.

5 Anspielung auf Malcom Cowley, US-amerikanischer Autor, Journalist und Literaturkritiker, der zu dieser Zeit Leiter des Literaturressorts vom *New Republic* war.

1936

1 In der von Hemingway verfassten und zuerst 1936 im *Esquire* veröffentlichten Kurzgeschichte *Schnee auf dem Kilimandscharo* sind folgende Worte aus einem Gedankenstrom des Helden festgehalten: »Die Reichen waren fade und tranken zu viel, oder sie spielten zuviel Backgammon. Sie waren fade, und alle einer wie der andere. Er erinnerte sich an den armen Scott Fitzgerald und seine romantische Ehrfurcht vor ihnen, und wie er einmal eine Geschichte begonnen hatte, die so anfing: ›Die Steinreichen sind anders als du und ich‹. Und wie jemand zu Scott gesagt hatte: ›Jawohl, sie haben mehr Geld.‹ Aber das fand Scott gar nicht komisch. Er hielt sie für eine besonders glorreiche Menschenart, und als ihm aufging, dass es gar nicht so war, warf ihn das genauso um wie jede

andere Sache, die ihn umwarf.« Als die Geschichte später in einer Hemingway-Anthologie erschien, war Fitzgerald in Julian umbenannt worden, und zwar auf Anraten von Maxwell Perkins. Dieser berichtete später, das Objekt der Herabsetzung wäre ursprünglich in Wahrheit gar nicht Fitzgerald, sondern Hemingway selber gewesen, der bei einem Mittagessen mit Perkins und der Kritikerin Mary Colum verkündet habe, er werde nun sehr bald die Reichen kennenlernen. Worauf Mary Colum entgegnet haben soll: »Der einzige Unterschied zwischen den Reichen und anderen Menschen besteht darin, dass die Reichen mehr Geld haben.«

1937

1 Fitzgerald war bei einer Zusammenkunft des »American Writer's Congress« zugegen gewesen, wo Ernest Hemingway den Faschismus verurteilt hatte. Im Anschluss an diese Versammlung riet Fitzgerald Hemingway, einige seiner neueren Kurzgeschichten in seinen nächsten Roman *Haben und Nichthaben*, der 1937 erscheinen sollte, einzuarbeiten.

2 Kurz nachdem Fitzgerald nach Hollywood gezogen war, zeigte Hemingway dort seinen und Joris Evans Dokumentarfilm *Spanische Erde* über den Spanischen Bürgerkrieg, um Spenden für die spanischen Loyalisten zu sammeln.

1940

1 Hemingway hatte Fitzgerald eine Ausgabe seines eben erschienenen Romans *Wem die Stunde schlägt* zugesandt und signiert mit den Worten: »Für Scott mit Zuneigung und Wertschätzung Ernest«.

2 Alan Campbell, ein amerikanischer Drehbuchautor und Ehemann von Schriftstellerin Dorothy Parker.

3 Hemingway hatte gerade die Journalistin und Schriftstellerin Martha Gellhorn geheiratet.

TEXT- UND BILDNACHWEISE

Die Übersetzung der Briefe von Ernest Hemingway an F. Scott Fitzgerald wurde folgender Ausgabe entnommen:

Ernest Hemingway, *Ausgewählte Briefe 1917–1961. Glücklich wie die Könige*. Herausgegeben von Carlos Baker
Deutsche Übersetzung von Werner Schmitz

Die Übersetzung von F. Scott Fitzgeralds Essay *Wie man Stoff vergeudet – Eine Notiz über meine Generation* wurde folgender Ausgabe entnommen:

F. Scott Fitzgerald: *Früher Erfolg*
aus dem Englischen von Melanie Walz

ullstein bild - Photo12, *Seite 8, 56, 61, 75*

ullstein bild - The Granger Collection, *Seite 8, 26, 41, 67, 138*

ullstein bild – dpa, *Seite 141*

ullstein bild - Harald Lechenperg, *Seite 100*

ullstein bild – TopFoto, *Seite 94*

ullstein bild – Lebrecht Music & Arts, *Seite 81*